D1933448

Abenteuer!

MAJA NIELSEN ERZÄHLT

Kosmonauten

>>> Mit 20 Millionen PS ins All

Wissenschaftliche Beratung: Sigmund Jähn

GERSTENBERG

Maja Nielsen kam durch ihre Söhne zum Schreiben spannender Abenteuergeschichten. Viele davon sind als Bücher und Hörbücher erschienen oder wurden als Hörspiele und Reportagen im Rundfunk gesendet. Für die Bücher der Reihe *Abenteuer!* stehen ihr Experten der jeweiligen Sachgebiete zur Seite.

Dr. Sigmund Jähn, fachlicher Berater dieses Bandes, wurde 1937 im Vogtland geboren. Er nahm 1978 am Raumflug der UdSSR und der DDR teil und war damit der erste Deutsche im All. Zwischen 1990 und 2002 ist er als Berater für das Deutsche Zentrum für Luft- und Raumfahrt (DLR) und für die European Space Agency (ESA) tätig. Der Verlag dankt Sigmund Jähn für seine außerordentliche Unterstützung dieses Buches und für das Bildmaterial, das er aus seinem Archiv zur Verfügung gestellt hat.

2. aktualisierte Auflage 2015

Reihenkonzeption, Gestaltung, Satz und Illustrationen:
Magdalene Krumbeck, Wuppertal
Litho: typocepta, Köln
Druck: Interak, Czarnków
Printed in Poland

www.gerstenberg-verlag.de

ISBN 978-3-8369-4886-9

Inhalt

Der Traum

Schon seit ewigen Zeiten beobachten die Menschen den Nachthimmel. Die dunkle, ferne Welt der Sterne, die immer gleichen Bahnen der Planeten ziehen sie in ihren Bann. Zuerst sahen die „Sterngucker“ mit bloßem Auge hoch, dann bauten sie immer stärkere Fernrohre. Je weiter man ins Weltall blicken konnte, desto größer schien es zu werden. Je mehr man über die Himmelserscheinungen herausfand, desto mehr Rätsel taten sich auf. Ein Traum wuchs in den Menschen: Zu den Sternen wollten sie fliegen, um die Geheimnisse des Universums zu ergründen. Ein Traum, lange Zeit so unerreichbar wie die Sterne selbst.

Mitte des 20. Jahrhunderts gelang es, Raketen mit einer solch gewaltigen Schubkraft zu entwickeln, dass man mit ihnen das Weltall erreichen konnte. Der Traum konnte Wirklichkeit werden. Doch wer hatte den Mut, sich als erster Mensch mit einer Rakete ins All schießen zu lassen? Keiner konnte sagen, was draußen, außerhalb der Erde, geschehen würde. Ein junger russischer Flieger war bereit, sein Leben einzusetzen. Sein Name: Juri Gagarin. Eines der aufregendsten Abenteuer der Menschheit begann. Andere Kosmonauten, darunter auch Deutsche, folgten dem Russen: Sigmund Jähn, der als erster Deutscher 1978 ins All aufbrach und die Erde 125-mal umkreiste. Thomas Reiter, der bei zwei Raumflügen 1995 und 2006 insgesamt 350 Tage im All verbrachte. Oder der Geophysiker Alexander Gerst, der 2014 im Rahmen der Mission Blue Dot Hunderttausende Menschen auf der Erde über Facebook und Twitter an seinen Erlebnissen auf der Internationalen Raumstation teilnehmen ließ und so für die Weltraumforschung begeisterte. Hier wird von ihren Erlebnissen erzählt.

Was kann ich euch in den letzten Minuten vor dem Start sagen? Alles, was sich bisher in meinem Leben ereignet hat und was ich bisher getan habe, ist um dieser Minute willen geschehen. Natürlich bin ich glücklich.

Juri Gagarin unmittelbar vor dem Start

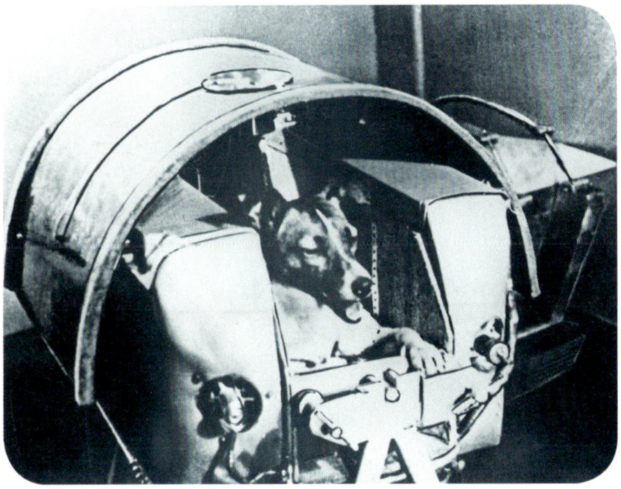

Die Hündin Laika flog am 3. November 1957 als erstes Lebewesen ins All.

ser erfolgreichen Tierflüge im August 1960 hatte er zwei Hunde, zwei Ratten, 40 Mäuse und einen Fliegenschwarm auf die Reise geschickt. Nach 18 Erdumrundungen – eine Strecke von 700 000 Kilometern – landeten die Tiere wohlbehalten auf einer Wiese. Weil sich einer der Hunde, die Hündin Belka, während der vierten Erdumrundung stark erbrochen hatte, beschlossen Koroljow und die anderen Verantwortlichen, dass Juri Gagarin vorsichtshalber nur eine einzige Umrundung der Erde in Angriff nehmen sollte. Was wird geschehen, wenn ein Mensch in die Schwerelosigkeit eintritt? Keiner kann das voraussagen. Womöglich wird Gagarin den Verstand verlieren, ist eine von vielen Befürchtungen.

Gagarins Reise geht ins Ungewisse. Für Sergej Koroljow, der als Chefkonstrukteur auch die Verantwortung für diesen Flug trägt, ist die menschliche Belastung fast nicht auszuhalten. Jeden einzelnen Schritt beim Bau der 30 Tonnen schweren Rakete und des Raumschiffes *Wostok 1* (zu Deutsch „Osten“) hat er persönlich überwacht. Alles Menschenmögliche hat er daran gesetzt, den Flugapparat so sicher wie möglich zu machen. Zuletzt ist er neben der Rakete hergelaufen, hat ihren Transport zur Startrampe und ihre Aufrichtung beaufsichtigt. Die Nacht vor dem Start verbringt er mutterseelenallein in einem kleinen Blockhäuschen, nur 100 Meter vom Startplatz entfernt. Eine Nacht ohne Schlaf. Um 3 Uhr geht

Kosmonauten

Kosmonauten wurden früher aus den Reihen der Militärflieger ausgewählt. Das hatte mehrere Gründe: Als Flieger muss man uneingeschränkt gesund und äußerst belastbar sein. Zum Zweiten haben Flieger gelernt, voll und ganz auf die Technik an Bord eines Flugzeuges zu vertrauen. In der Nacht oder in den Wolken kann sich ein Pilot nicht auf seine Augen verlassen, er ist gezwungen, sich an die Geräte zu halten. Zudem sind Piloten darin trainiert, auch dann Ruhe zu bewahren, wenn es brenzlig wird. Nur so erhalten sie sich nämlich die Fähigkeit, in Bruchteilen von Sekunden auf gefährliche Situationen zu reagieren – das sind wichtige Voraussetzungen für jemand, der ein Raumschiff steuern will. Dass Militärflieger ausgewählt wurden, hat zudem den Grund, dass sie als Soldaten auf absolute Geheimhaltung und strikte Befolgung von Befehlen eingeschworen waren.

Wostok 1

Das *Wostok*-Raumschiff bestand aus zwei Teilen: der kugelförmigen Kapsel, in der sich der Kosmonaut befand (Durchmesser: 2,3 m, Volumen: 1,6 m³, Masse: 2,46 t), und einem Geräteteil (Durchmesser: 2,43 m, Länge: 2,25 m, Masse: 2,27 t) mit Bremstriebwerken und Treibstofftank. Drei kleinere Luken dienten der Erdbeobachtung und als Navigationshilfe. Der Geräteteil wurde unmittelbar vor dem Wiedereintritt in die Erdatmosphäre abgesprengt und verglühte. Nur die runde Kapsel, versehen mit einer 18 Zentimeter dicken Asbestschicht als Schutzschild, kehrte zur Erde zurück.

er noch einmal zur Rakete, die sich von unzähligen Scheinwerfern angestrahlt 38 Meter hoch in den nachtdunklen Himmel reckt.

Juri Gagarin selbst verspürt keine Angst. Er freut sich auf seine Aufgabe. Er ist mit Leib und Seele Flieger. Ins All zu fliegen, noch dazu als erster Mensch – das zu erleben ist alles, wovon Gagarin seit Monaten träumt.

Keine Frage, Gagarin weiß um das Risiko, das er eingeht. Genau einen Monat vor diesem historischen Tag ist seine zweite Tochter, die kleine Galja, geboren worden. Er kann sich nicht sicher sein, dass er sie wiedersehen wird. Und dennoch – die Fotos vom Starttag zeigen einen strahlenden, unbeschwerten jungen Mann.

Wenn man die Funkmeldungen liest, die er während des Fluges macht, dann scheint es fast so, als wollte Juri Gagarin alle anstecken mit seinem Optimismus und seiner Begeisterung, als wollte er allen am Boden ihre Sorgen um seine Sicherheit nehmen.

„Empfang ist gut. Befinden ist gut, bin guter Laune, zum Start bereit", meldet er aus *Wostok 1*.

9.07 Uhr Moskauer Zeit. Der Countdown für die Rakete.

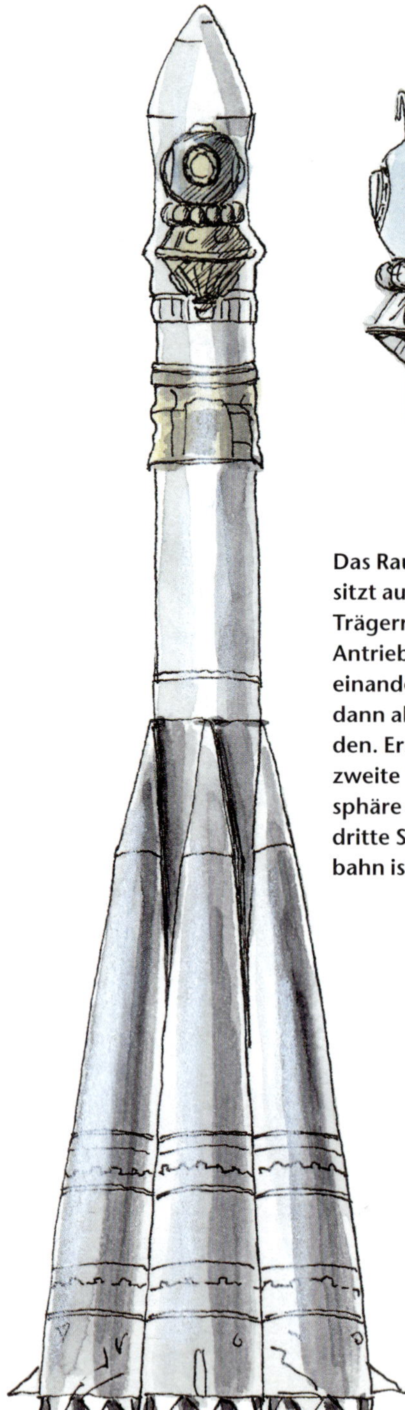

Das Raumschiff *Wostok 1* sitzt auf der Spitze der Trägerrakete. Sie hat drei Antriebsstufen, die nacheinander gezündet und dann abgesprengt werden. Erste Stufe: Start; zweite Stufe: Die Atmosphäre wird durchquert; dritte Stufe: Die Umlaufbahn ist erreicht.

esa
DDR

1

Der erste Mensch im All

Der Raketenstartplatz Baikonur liegt in der kasachischen Steppe. Die Gegend ist menschenleer und flach wie ein Teller. Von hier sind es etwa 800 Kilometer bis zur nächsten größeren Stadt – ein idealer Ort, um Raketen zu testen. Seit Monaten laufen in dieser Einöde die Vorbereitungen für den Flug des ersten Menschen ins All. Und jetzt ist der Tag endlich gekommen.

Juri Gagarin am Morgen des 12. April 1961 auf der Busfahrt zur Startrampe

Das Wetter ist gut am 12. April 1961, kein Wölkchen am Himmel, klare Sicht. Der 27 Jahre alte Russe Juri Gagarin zwängt sich auf den Liegesitz der beklemmend engen Raumkapsel *Wostok 1*. Zwei Stunden muss er in liegender Stellung, angeschnallt und mit angewinkelten Beinen, in seinem dichten, starren Raumanzug ausharren, bis die Trägerrakete fertig betankt ist und alle Systeme auf ihre Funktionstauglichkeit überprüft worden sind.

Bis zu diesem Tag haben die Russen zwar schon mehrmals Tiere ins All befördert. Aber bis zu Gagarins Flug war es dem Chefkonstrukteur der russischen Raumfahrt, Sergej Koroljow, erst dreimal gelungen, Tiere auch wieder lebend zu bergen. Beim ersten die-

Das Kosmodrom Baikonur, der größte Raketenstartplatz der Welt, liegt 2100 Kilometer südöstlich von Moskau in Kasachstan (früher UdSSR).

Start der *Wostok 1*

Raumfahrer-Training: In speziellen Flugzeugen kann man für etwa 25 Sekunden Schwerelosigkeit erleben.

„Los geht's!", freut sich Gagarin.

Flammen und Rauch verhüllen den Startplatz. 20 Millionen PS setzen sich in Bewegung. Die Rakete mit dem Raumschiff hebt ab. Koroljow läuft ein Schauer über den Rücken.

„Auf Wiedersehen, auf ein baldiges Wiedersehen, liebe Freunde!", ruft Gagarin aus der abhebenden Rakete ins Funkgerät. Der Start verläuft exakt nach Plan. Die dreistufige Rakete trennt sich auf die Sekunde genau von der ersten Stufe, dann von der zweiten Stufe.

9.21 Uhr. Die Abtrennung der dritten Raketenstufe ist erfolgt. Das Raumschiff fliegt jetzt mit 28000 Stundenkilometern auf seiner Umlaufbahn um die Erde. In jeder Sekunde legt es acht Kilometer zurück. Gagarin meldet:

„Befinden ausgezeichnet. Gefühl der Schwerelosigkeit wirkt angenehm. Ruft keinerlei Beschwerden hervor …"

Es heißt, Koroljow habe sich zu diesem Zeitpunkt den Schweiß von der Stirn gewischt, eine Zigarette angenommen, obwohl er Nichtraucher

Schwerelosigkeit

Viele Menschen denken, dass es außerhalb der Erde keine Erdanziehungskraft mehr gibt und dass man deswegen schwerelos wird. Das ist falsch. In der Höhe, auf der Gagarin fliegt – zwischen 181 bis 327 Kilometer über dem Meeresspiegel –, beträgt die Anziehungskraft der Erde immer noch 91 Prozent. Die Kosmonauten sind nur deshalb schwerelos, weil ihr Raumschiff mit einer Geschwindigkeit von 28000 Stundenkilometern fliegt. Durch die gewaltige Kraft, die dabei entsteht, wird die Erdanziehungskraft im Raumschiff aufgehoben.

Oben: Sonnenaufgang im Weltall

Links: Kameraaufnahmen aus der *Wostok 1* werden direkt auf die Bildschirme des Flugleitzentrums übertragen.

Unten: Start- und Landeplatz der *Wostok 1*

war, und gierig den Rauch eingesogen. Dann habe er verschiedene Mitarbeiter im Kontrollraum heftig umarmt und dabei unentwegt ausgerufen: „Haben Sie Dank, aufrichtigen, herzlichen Dank!“

Um 10.02 Uhr verkündet der Rundfunk das Ereignis, das den meisten Menschen auf der Erde wie ein Wunder vorkommt. In Juri Gagarins Heimat geraten die Menschen in helle Aufregung. Ein Mensch im Weltall! Einer von uns! Die Sensation macht in Windeseile die Runde. Gagarin hatte seiner Frau erzählt, dass er erst zwei Tage später starten würde. So wollte er ihr die Angst ersparen. Jetzt poltert es an der Tür und die Nachbarin berichtet aufgeregt, was sie soeben im Radio gehört hat. „Waljuschka, schalt den Radioapparat ein. Juri ist im Weltraum!“ Walentina Gagarina fällt aus allen Wolken, bei ihr dreht sich alles, sie sieht die Nachbarin an und weiß de-

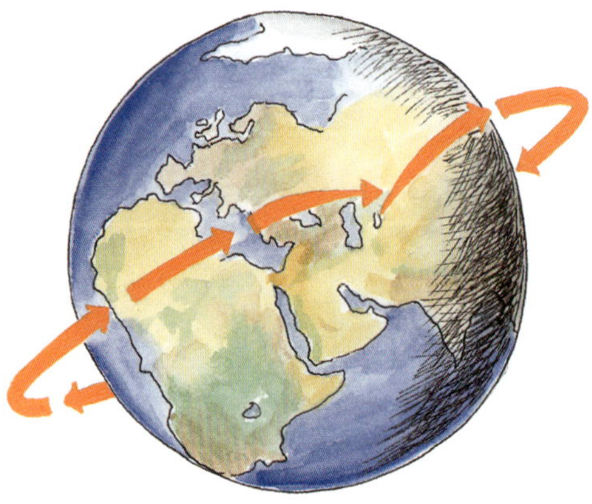

ren Namen nicht mehr, sie geht zum Radio und kann sich nicht erinnern, wie man es einschaltet.

In der Radiomeldung hat man die Funkfrequenzen bekanntgegeben, auf denen Gagarin von der *Wostok* sendet. In kürzester Zeit schalten sich Funker auf der ganzen Welt zu, um den außergewöhnlichen Funkverkehr mitzuverfolgen.

10.06 Uhr. Gagarin fliegt auf der Nachtseite der Erde im Erdschatten. In der dichten Druckkammer des Raumschiffes herrschen Temperaturen von etwa 20 Grad. Außerhalb des Raumschiffes sind es minus 150 Grad.

Die Erde vom Mond aus gesehen. In der oberen Bildhälfte erkennt man Afrika und die arabische Halbinsel.

„Ich sehe die Sterne vorüberziehen. Ein wunderschöner Anblick", hört man Gagarin über Funk sagen.

Nur drei Minuten später wird es um ihn herum schlagartig hell. Auf der Sonnenseite der Kapsel herrschen Temperaturen von plus 150 Grad. Die Sonnenstrahlung ist im Weltraum sehr viel stärker als auf der Erde. Grell blendend steht die Sonne im schwarzen Himmel.

„Überfliege das Meer. Die Flugrichtung über dem Meer ist leicht zu bestimmen."

Der Anblick der Erde bewegt den Russen zutiefst. Blau, eine große blaue Kugel – so sieht die Erde aus dem Weltraum aus. Wunderschön.

Und er ist der erste Mensch, der die Erde so sieht!

Die Erde war von einer zartblauen Aureole umgeben. Der Streifen wurde immer dunkler, türkisfarben, blau, violett und ging schließlich in Kohlschwarz über.

Juri Gagarin

2

Die Landung

Juri Gagarin ist von der unglaublichen Weite des Weltalls und all den Eindrücken, die auf ihn einstürmen, vollkommen überwältigt. Doch er muss sich zur Ordnung rufen, muss sich auf den Flug konzentrieren und sich auf die Rückkehr zur Erde vorbereiten.

10.24 Uhr. Gagarin meldet: „Flug verläuft erfolgreich. Befinden ausgezeichnet. Alle Systeme arbeiten gut. Befinden gut." Über Afrika ist er in dem Moment. Die Einleitung der Landung steht unmittelbar bevor.

10.25 Uhr. Der Kosmonaut schaltet die Bremstriebwerke ein. Das Herabsetzen der Geschwindigkeit bewirkt, dass das Raumschiff wieder stärker von der Erde angezogen wird. Zwölf Sekunden nach Abschalten der Bremstriebwerke wird der Bereich des Raumschiffes, in dem die Geräte und Triebwerke sind, abgesprengt. Übrig bleibt nur die kugelrunde Kommandokabine der *Wostok 1*, der sogenannte Landeapparat. Und der fällt jetzt. Fällt und fällt und fällt, Kilometer um Kilometer, vom Himmel zurück zur Erde.

Die Landung ist die schwierigste und auch die dramatischste Etappe eines Weltraumfluges. Sobald das Raumschiff wieder in die schützende Lufthülle, die dichten Schichten der Atmosphäre, die die Erde umgibt, eintritt, entsteht Reibung. Dabei kommt es zu Temperaturen von mehreren Tausend Grad. Die Antennen schmelzen, der Funkverkehr bricht ab. Koroljow im Kommandobunker sagt in den nächsten 22 Minuten keinen Ton mehr. Ganz still wird er. Und sehr blass. Hat er den Landeapparat auch wirklich so konstruiert, dass Juri die Höllenfahrt, die jetzt kommt, überstehen wird? Die Raumkapsel wird zum Feuerball. Durch die Bullaugen sieht Gagarin, wie die Flammen das Raumschiff umtosen. Die Fenster verfärben sich rötlich braun. Ein Hitzeschild schützt *Wostok 1* vorm Verglühen. Es leitet die Hitze von der Kapsel weg. Ohrenbetäubend kracht es, als es sich aufheizt. Der lodernde Feuerball, zu dem das Raumschiff geworden ist, dreht sich bei seiner rasenden Fahrt tor-

Steckbrief Juri Gagarin

Mission *Wostok 1* 1961

Juri Alexejewitsch Gagarin wurde am 9. März 1934 in Kluschino bei Smolensk in der damaligen Sowjetunion geboren. Er war verheiratet und hatte zwei Kinder.

Einige Stationen seiner Ausbildung und Tätigkeit: Besuch der Mittelschule | Ausbildung zum Gießer | Studium der Gießereitechnik | Mitglied des Aeroklubs in Saratow | Fliegerschule in Orenburg | Leutnant der sowjetischen Luftwaffe | März 1960 bis Januar 1961 Ausbildung zum Kosmonauten | am 12. April mit der *Wostok 1* als erster Mensch ins All | bis 1963 Kommandeur der sowjetischen Kosmonautengruppe | 27. März 1968 Unfall mit einer *MiG-15 UTI*

Die Atmosphäre umgibt die Erde mit ihren schützenden Schichten. Bei seinem Eintritt in die Atmosphäre wird der Landeapparat zum Feuerball.

Atmosphäre

Die Atmosphäre ist die Lufthülle, die unsere Erdkugel umgibt und schützt. Durch sie bleibt die Temperatur auf der Erde relativ konstant – es ist nicht zu heiß und nicht zu kalt.

Die Atmosphäre dreht sich mit der Erde und wird durch die Erdanziehung zusammengehalten. Unser Wettergeschehen spielt sich zum größten Teil in einer Höhe von etwa 15 Kilometern ab, in der Troposphäre. Diese Schicht der Atmosphäre enthält 75 Prozent der Gase der gesamten Erdatmosphäre. Die Temperatur nimmt mit zunehmender Entfernung von der Erde immer weiter ab. An der Obergrenze der Troposphäre beträgt sie nur noch minus 15 Grad.

An die Troposphäre schließt die zehn bis 50 Kilometer mächtige Stratosphäre an. In ihr liegt die Ozonschicht, in der ein Teil der für den Menschen schädlichen UV-B-Strahlung der Sonne abgefangen wird.

kelnd um sich selbst. Die ganze Kapsel vibriert. Als sie zwölf Kilometer über der Erde mit zwölffacher Schallgeschwindigkeit in die dichten Schichten der Erdatmosphäre eindringt, beginnen die Geräte vor Gagarins Augen zu verschwimmen. Das Pfeifen des Windes kreischt in seinen Ohren. Dann ein ohrenbetäubender Knall – der Deckel der Ausstiegsluke wird weggesprengt. In wenigen Sekunden soll der Raumfahrer aus der Kapsel herausgeschleudert werden. Da ist es auch schon so weit: Auf einer Höhe von 7000 Metern wird Gagarin mitsamt seinem Liegesitz aus dem Landeapparat herauskatapultiert. Schon entfaltet sich der Fallschirm. Unter sich macht Gagarin einen mächtigen Fluss aus. Das kann nur die Wolga sein. Er kennt die Landschaft. Hier war er während seiner Ausbildung zum Flieger zum ersten Mal mit einem Flugzeug unterwegs. Er weiß jetzt: Er wird überleben. Er wird heil und gesund auf der Erde landen. Er wird seine Familie, seine Frau und die beiden kleinen Mädchen, wiedersehen. Ein unglaubliches Glücksgefühl breitet sich in ihm aus. Später behauptet er, dass er da anfing zu singen. Ein einfaches russisches Volkslied.

Juri Gagarin landet sehr sanft auf einem Acker südwestlich der Stadt Engels in der Nähe eines Dorfes. Vier Kilometer entfernt von ihm schlägt die *Wostok*-Kapsel auf dem Boden auf. Der erste Flug eines Menschen ins All ist nach genau 108 Minuten beendet.

? Raumflug oder nicht?

Alle Kosmonauten nach Gagarin landeten mit der Landekapsel. Zu Gagarins Zeiten war diese Technik noch nicht ausgereift, er landete mit dem Fallschirm. So wollte man verhindern, dass er sich beim harten Aufprall des 2,4 Tonnen schweren Landeapparates verletzte. Später kam es zu Diskussionen, ob die FAI, die Internationale Luftfahrtföderation, über die Art und Weise, wie Gagarin gelandet war, getäuscht worden war. Es steht jedoch außer Zweifel, dass sein Raumflug – auch mit der Landung am Fallschirm – anerkannt worden ist.

Wostok 1 nach der Landung. Der „Feuerflug" durch die Erdatmosphäre hat an der Schutzschicht aus Asbest seine Spuren hinterlassen.

Die ersten Menschen, die dem Kosmonauten begegnen, sind eine Bäuerin mit einem Tuch um den Kopf und ihre Enkeltochter. Von Raumfahrt hat die alte Bauersfrau noch nie etwas gehört. Sie erschrickt, als der Mann in dem orangen Raumfahreranzug mit den vielen Elektroden, Kabelanschlüssen und Schnüren und dem hellen Helm mühsam gebeugt auf sie zugeht. In einem Raumanzug kann man sich nicht gut fortbewegen. Er ist fürs Liegen konstruiert, nicht fürs Gehen. Wer ist das? Wo kommt der her? Am liebsten würde die Frau davonlaufen. Auf dem Helm sieht sie das CCCP-Emblem, die russischen Schriftzeichen für UdSSR. Also immerhin: ein Landsmann! Juri Gagarin spricht beruhigend auf sie ein: „Keine Angst, fürchten Sie sich nicht ... Kommen Sie her!" Er erklärt ihr, dass er aus dem Kosmos kommt. Juri Gagarin hat großen Charme und ein gewinnendes Lächeln. Sie fasst Vertrauen zu ihm, auch wenn sie nicht wirklich versteht, wovon er spricht. Von den umliegenden Feldern kommen Landarbeiter dazu, eine zufällig vorbeifahrende Einheit von Soldaten hilft Gagarin endlich, den Helm und den steifen Anzug abzulegen und der Bodenstation in Baikonur zu melden, wo er sich befindet und dass er wohlbehalten gelandet ist. Koroljow wird sofort informiert. „Das glaub ich nicht, das glaube ich nicht, bevor ich ihn nicht gesehen habe", stammelt der Chefkonstrukteur im Kosmodrom von Baikonur. Als der Bergungstrupp schließlich mit dem Hubschrauber eintrifft, wimmelt es auf dem Acker nur so von Menschen. Alle rufen durcheinander. Gagarin wird mit einem Auto zum Hubschrauber gebracht, der ihn in die Stadt Engels bringen soll. Die Menschenmasse begleitet den Wagen mehr als eineinhalb Kilometer weit und walzt dabei alles nieder, was auf dem Weg liegt: Gartenbeete, Zäune, Begrenzungspfosten. Die Leute sind außer sich vor Begeisterung.

Inzwischen hat auch der Rundfunk Gagarins erfolgreiche Landung gemeldet. Die Leute in Moskau tanzen auf den Straßen, wildfremde Menschen umarmen sich: Die Freude darüber, dass Gagarin wohlbehalten gelandet ist, erfasst das ganze Land. Die Zeitungen drucken in Sonderausgaben Fotos von ihm ab. Auf den Bildern lächelt er, wie es seine Art ist: offen und unverkrampft, voller Lebensfreude. Die Leute schließen diesen Mann tief ins Herz.

СОВЕТСКИЙ ЧЕЛОВЕК В КОСМОСЕ!

ЮРИЙ ГАГАРИН: ПРОШУ ДОЛОЖИТЬ ПАРТИИ И ПРАВИТЕЛЬСТВУ И ЛИЧНО НИКИТЕ СЕРГЕЕВИЧУ ХРУЩЕВУ, ЧТО ПРИЗЕМЛЕНИЕ ПРОШЛО НОРМАЛЬНО. ЧУВСТВУЮ СЕБЯ ХОРОШО

ВЕЛИЧАЙШАЯ ПОБЕДА НАШЕГО СТРОЯ, НАШЕЙ НАУКИ, НАШЕЙ ТЕХНИКИ, НАШЕГО МУЖЕСТВА

12 АПРЕЛЯ 1961 ГОДА В 10 ЧАСОВ 55 МИНУТ КОСМИЧЕСКИЙ КОРАБЛЬ-СПУТНИК «ВОСТОК» БЛАГОПОЛУЧНО ВЕРНУЛСЯ НА СВЯЩЕННУЮ ЗЕМЛЮ НАШЕЙ РОДИНЫ

ИЗВЕСТИЯ

СОВЕТОВ ДЕПУТАТОВ ТРУДЯЩИХСЯ СССР

СОВЕТСКОМУ КОСМОНАВТУ, ВПЕРВЫЕ В МИРЕ СОВЕРШИВШЕМУ КОСМИЧЕСКИЙ ПОЛЕТ

майору Гагарину Юрию Алексеевичу

К КОММУНИСТИЧЕСКОЙ ПАРТИИ И НАРОДАМ СОВЕТСКОГО СОЮЗА! К НАРОДАМ И ПРАВИТЕЛЬСТВАМ ВСЕХ СТРАН! КО ВСЕМУ ПРОГРЕССИВНОМУ ЧЕЛОВЕЧЕСТВУ!

РЕПОРТАЖ С МЕСТА ПРИЗЕМЛЕНИЯ

О ПЕРВОМ В МИРЕ ПОЛЕТЕ ЧЕЛОВЕКА В КОСМИЧЕСКОЕ ПРОСТРАНСТВО

СООБЩЕНИЕ ТАСС

Die Titelseite der russischen Zeitung *Iswestija*, die den Flug als Heldentat der ganzen Sowjetunion bejubelt

Die Moskauer bereiten Gagarin nach seiner Rückkehr aus dem All einen triumphalen Empfang.

Als Gagarin zwei Tage später in Moskau eintrifft, wo er endlich auch seine Frau wiedersieht, bereiten ihm die Menschen einen triumphalen Empfang. Die ganze Stadt ist auf den Beinen. In jeder Straße, durch die sein offener Wagen fährt, drängen sich die Leute, um einen Blick aus der Nähe auf ihn zu werfen. Eine Dreiviertelstunde fahren Walentina und Juri Gagarin durch ein immer dichter werdendes Spalier aus restlos begeisterten Menschen. Bei der Kundgebung auf dem Roten Platz ist der Beifall der riesigen

Menschenmenge so laut und lang anhaltend, dass man kaum verstehen kann, was gesprochen wird. „Wir können voller Überzeugung sagen, dass wir mit unseren Raumschiffen auch auf weiter entfernten Bahnen fliegen werden!“, sagt Gagarin ins Mikrofon, und die Menschen spüren, wie gern er mitfliegen möchte, wenn es eines Tages zum Mond, zum Mars oder zur Venus geht. Gagarin erhält die höchste Ehrung, die einem Bürger seines Landes zuteilwerden kann: Er bekommt den goldenen Stern angeheftet, der ihn zum „Held der Sowjetunion“ macht.

Leonid Breschnew, einer der damals mächtigsten Männer der UdSSR, heftet Gagarin einen Orden an die Uniformjacke.

Koroljow, der Chefkonstrukteur, sieht sich die Feierlichkeiten im Fernsehen an. Er kann nicht dabei sein. Zu Tode erschöpft von den kräftezehrenden Anstrengungen der letzten Tage ruht er sich in seiner Moskauer Wohnung aus. Ohne Koroljow, das kann man ganz klar sagen, hätte Gagarins Flug ins All nicht stattgefunden. Der Kosmonaut weiß das. Er hatte keine Fotos von seiner Familie, keine Glücksbringer oder andere persönliche Gegenstände an Bord der *Wostok* dabei. Aber ein Foto von Koroljow, das trug er bei sich.

Am Abend dieses außergewöhnlichen Tages sagt Juri Gagarin zu seiner Frau: „Ich habe nicht angenommen, dass man mich so empfängt. Ich habe gedacht, nun, ich fliege also und komme eben zurück. Was aber jetzt los ist ...“ Er sagt ihr, dass er sie jetzt noch mehr braucht als früher. Als wüsste er bereits, dass sein Leben von nun an viel komplizierter sein würde. Als wüsste er bereits, dass man ihn entschieden daran hindern wird, das zu tun, was er sich am meisten wünscht: ein zweites Mal in den Kosmos zu fliegen. Vielleicht ist es gut, dass er zu diesem Zeitpunkt noch nicht weiß, dass er nicht einmal mehr Düsenflugzeuge fliegen soll. Schwierige Jahre liegen vor Juri Gagarin.

Der Chefkonstrukteur

Sergej Koroljow war lange Zeit die Nummer 1 der russischen Raumfahrttechnik. Unter seiner Aufsicht wurde 1956 der erste Satellit *Sputnik* ins All geschossen, mit *Sputnik 2* umkreiste zum ersten Mal ein Lebewesen – die Hündin Laika – die Erde, aber sein größter Erfolg war natürlich Juri Gagarins Flug ins All. Sein großer Anteil an diesem Triumph wurde erst nach Koroljows Tod bekannt. Solange er lebte, wurde sein Name geheim gehalten. Das hängt damit zusammen, dass man Raketen auch für militärische Zwecke einsetzen kann. Zu Koroljows Aufgaben gehörte es auch, Langstreckenraketen zu entwickeln, die mit nuklearen Sprengköpfen beladen die USA erreichen und dort entsetzlichen Schaden anrichten konnten.

Gagarin mit Chefkonstrukteur Koroljow

3

Das Wettrennen

>>> **Gagarins spektakulärer Pionierflug** ins All begeistert die Menschen auf der ganzen Welt und löst ein beispielloses Wettrennen in der bemannten Raumfahrt aus. Die beiden Supermächte, die USA und die damalige Sowjetunion, zu der Russland gehörte, versuchen sich gegenseitig zu übertrumpfen. Mit ihren Erfolgen im Kosmos wollen sie aller Welt ihre Fortschrittlichkeit und Überlegenheit über andere Länder zeigen. Es ist eine Frage der Ehre. Schon der Start des Satelliten *Sputnik* hatte in den Vereinigten Staaten von Amerika einen regelrechten Schock ausgelöst, nun wird die Raumfahrt zu einer nationalen Angelegenheit ersten Ranges. Die Sowjetunion setzt ebenfalls alles daran, bei diesem Wettkampf auch weiterhin vorne zu liegen.

Chefkonstrukteur Koroljow kann in diesen Jahren so viel Geld ausgeben, wie er nur möchte, Hauptsache, er erreicht immer neue Rekordmarken. So folgt auf den ersten Mann im All bald die 24-jährige Walentina Tereschkowa als erste Frau. 1964 schickt Koroljow in einem neu konstruierten Raumschiff gleich drei Männer auf einmal hoch. Den ersten Spaziergang außerhalb seines Raumschiffes unternimmt Alexej Leonow. Der Vorsprung der Sowjetunion scheint nicht mehr einholbar. Jetzt müssen die Russen nur noch als erste Nation Menschen auf den Mond schicken, dann sind sie wirklich unangefochten die Nummer 1 in der Raumfahrt.

Sooft Gagarin auch darum bittet, auf eine neue Mission

Gagarins Weltraumflug löst auf der ganzen Welt große Begeisterung aus.

geschickt zu werden, die Antwort ist immer „Njet!!“ Nein. Zu wertvoll ist das Leben des ersten Mannes im All für die Sowjetunion. Juri Gagarin kommt überall auf der Welt gut an, er ist zu einem richtigen Superstar geworden und die beste Werbung für den kommunistischen Staat. Der Kosmonaut besucht in den folgenden Jahren etwa 30 Länder, wird überall, wo er hinkommt, jubelnd empfangen und mit Orden und Auszeichnungen überhäuft. Die Politiker wollen sich noch viele weitere Jahre mit seinem Ruhm schmücken. Ihm darf nichts passieren. Ein zweiter Flug ins All – viel zu riskant. Völlig ausgeschlossen. Nicht einmal Düsenflugzeuge darf er mehr steuern. Für einen wie Gagarin, der sich ein Leben ohne Raumschiffe und Flugzeuge nicht vorstellen kann, eine schwere Prüfung. Aber er ist Soldat, gewöhnt daran, sich an Befehle zu halten. Er tut, was man von ihm erwartet.

Doch seine Sehnsucht nach den Sternen lässt ihn nicht los. Koroljow, Chefkonstrukteur und väterlicher Freund Gagarins, erkrankt an Krebs. Juri Gagarin besucht ihn im Krankenhaus. Koroljow berichtet ihm von dem neuen Raumschiff, an dem er arbeitet: *Sojus* heißt es. Das russische Wort für „Union“. Damit möchte Koroljow Kosmonauten zum Mond schicken. Fasziniert erfährt Gagarin, dass *Sojus* viel höhere fliegerische Anforderungen an die Kosmonauten stellen wird als die vollautomatisch operierende *Wostok 1*. Juri Gagarin ist begeistert. Er muss einfach wieder ins Kosmonautenteam aufgenommen werden, wenn *Sojus* auf die ersten Testflüge geschickt wird!

Alexej Leonow beim ersten „Weltraumspaziergang“ der Geschichte am 18. März 1965

Ganz links ist Gagarin mit Walentina Tereschkowa zu sehen, die als erste Frau ins All flog.

Am 14. Januar 1966 stirbt der wichtigste Mann der sowjetischen Raumfahrt. Hartnäckig besteht Gagarin nach Koroljows Tod darauf, für die *Sojus* ausgebildet zu werden. Er will Koroljows Andenken dadurch ehren, dass er als erster Mensch den Mond betritt.

Kosmonaut zu sein ist mein Beruf, und ich habe ihn nicht ergriffen, nur um den ersten Flug zu machen und ihn dann gleich wieder aufzugeben.

Juri Gagarin

Kalter Krieg

Der Ausdruck „Kalter Krieg" bezeichnet die feindselige Haltung, mit der sich die beiden Supermächte USA und Sowjetunion zwischen 1945 und 1990 gegenüberstanden. Die USA gründeten mit ihren Partnern das westliche Militärbündnis „Nato", die Sowjetunion organisierte sich mit ihren Verbündeten im östlichen „Warschauer Pakt". Die Supermächte vermieden zwar den „heißen" Krieg, trieben aber in einem beispiellosen Wettrüsten die Entwicklung von Atomwaffen voran. Der Wettkampf zwischen Ost und West vollzog sich auf vielen Gebieten, auch in der Raumfahrt. Man wollte dem Gegner seine technische Überlegenheit demonstrieren, um damit auch die Überlegenheit des eigenen politischen Systems zu zeigen und um den anderen einzuschüchtern.

Präsident John F. Kennedy will, dass die USA als erste Nation Menschen auf den Mond bringen.

Und die Zeit drängt, denn die Amerikaner sind den Russen beim Wettrennen zum Mond dicht auf den Fersen: In einer berühmt gewordenen Rede vor dem Kongress verkündet der damalige Präsident der USA, John F. Kennedy, die feste Absicht, als erste Nation einen Mann auf den Mond zu entsenden.

Die Verantwortlichen erkennen: Länger kann man Gagarin nicht mehr hinhalten. Fünf Jahre nach seinem Flug ins All gestattet man ihm, das Kosmonautentraining endlich wieder aufzunehmen. Er stürzt sich mit Begeisterung in die Arbeit. Bald kennt Gagarin jedes Kommando der *Sojus* wie im Schlaf. Er und sein Teamkollege Wladimir Komarow erhalten die besten Trainingsbeurteilungen von allen und werden für den ersten Flug von *Sojus* ausgewählt, der technisch besser ausgebildete Komarow als erster Kommandant, Gagarin als sein Double, das heißt, er kommt nur zum Einsatz, sollte Komarow krank werden.

Am 23. April 1967 startet Komarow mit *Sojus 1*. In der Umlaufbahn verliert er die Kontrolle über das Raumschiff, weil das Orientierungssystem versagt. *Sojus 1* muss vorzeitig zurückgeholt werden. Bei der Landung entfalten sich die Fallschirme nicht. Die tonnenschwere *Sojus*-Kapsel schlägt ungebremst auf, bohrt sich eineinhalb Meter tief in den harten Steppenboden, explodiert und brennt aus. Komarow ist tot.

Wladimir Komarow bei einem medizinischen Test

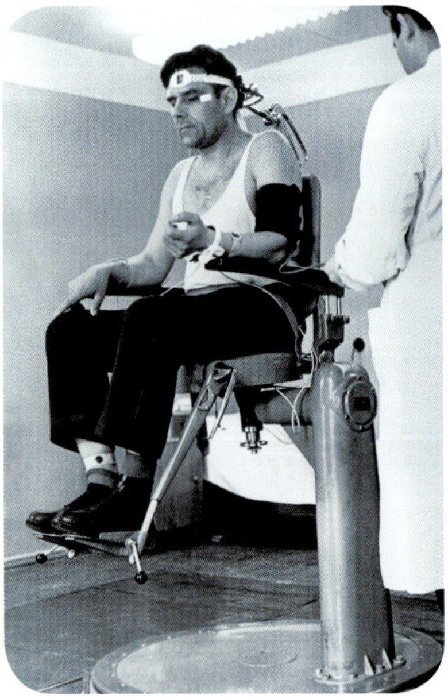

Es werden sehr viele Artikel und Berichte über die Raumfahrt geschrieben. Und alle schreiben über mich. Wenn du so einen Beitrag liest, wird dir unbehaglich. Alles ist mir natürlich immer gut gelungen! Aber ich habe wie viele andere Menschen auch viele Fehler!

Juri Gagarin

Gagarins Tod

Nach Gagarins Tod wurde das Gerücht verbreitet, er sei vom Geheimdienst ermordet worden, weil er den Kommunismus infrage gestellt habe. Es gab auch Menschen, die davon überzeugt waren, dass Gagarin gar nicht gestorben, sondern noch am Leben sei. Er habe sich nur ins Ausland abgesetzt, um ein neues Leben anzufangen. Sogar Berichte von einer Entführung durch Außerirdische machten die Runde. Zum Teil hingen diese Reaktionen damit zusammen, dass es bis heute keine schlüssige Erklärung gibt, warum Gagarins Flugzeug abstürzte. Vor allem aber spiegeln sie den Schock über den frühen Tod des Helden wider – er wurde nur 34 Jahre alt. Niemand wollte akzeptieren, dass Gagarin bei einem ganz normalen Probeflug ums Leben gekommen war, wo er doch weit größere Gefahren problemlos gemeistert hatte.

Die Verantwortlichen sind entsetzt. In ihrer Trauer um den toten Kosmonauten wird ihnen klar: Es hätte auch ihren Volkshelden Nummer 1 – Gagarin – treffen können. Sofort wird Gagarin wieder mit einem strikten Flugverbot belegt. Doch Gagarin wehrt sich mit allen Mitteln dagegen, zu einem lebenden Denkmal zu werden.

Er kämpft wie ein Löwe darum, dass er wenigstens wieder Flugzeuge fliegen darf. „Ich bin Flieger und kann nicht leben, ohne zu fliegen!“, redet er auf die Verantwortlichen ein. Nach zähem Ringen bekommt er endlich die Erlaubnis.

Und dann stürzt Juri Gagarin am 27. März 1968 bei einem ganz normalen Trainingsflug mit einer *MiG-15* ab. Ein Absturz, den man sich bis heute nicht so recht erklären kann. Gagarin hatte keine Blackbox an Bord, die aufgezeichnet hätte, was passiert ist.

Als Gagarins Tod bekannt wird, trauert das ganze Land. Ganz Moskau ist dabei, als man Gagarins Urne in der Kremlmauer beisetzt. „Wenigstens ist er bei dem gestorben, was er auf der Welt am meisten liebte“, trösten sich die Trauernden gegenseitig, „beim Fliegen!“

Gedenktafel der amerikanischen Astronauten. Auch sie trauern um Juri Gagarin.

Nach ihrer Rückkehr zur Erde werden die Astronauten von Präsident Nixon begrüßt.

„Der Adler ist gelandet!“ Der Mondfährenpilot „Buzz“ Aldrin klettert die Leiter der *Eagle*-Landefähre hinab. Aufgenommen wurde dieses Foto von Neil Armstrong.

Am 21. Juli 1969 landen die Amerikaner auf dem Mond – ein Jahrhundertereignis wie acht Jahre zuvor Gagarins Flug ins All. Die ganze Welt verfolgt an den Bildschirmen, wie der amerikanische Astronaut Neil Armstrong als erster Mensch seinen Fuß auf den Mond setzt und dabei den berühmten Satz spricht: „Ein kleiner Schritt für mich, aber ein großer Schritt für die Menschheit.“ Das Wettrennen zum Mond hat die Sowjetunion verloren. Der Tod Koroljows, meinen viele, hat die russische Raumfahrt um Jahre zurückgeworfen. Das russische Mondfahrtprogramm wird eingestellt, doch die UdSSR-Führung überlegt fieberhaft, worin die Amerikaner noch zu schlagen sind und welches Vorhaben der Forschung den größten Nutzen bringen würde.

Das nächste große Ziel der sowjetischen Raumfahrt wird es schließlich, eine bemannte Raumstation ins All zu schießen, die viele Wochen, wenn nicht Jahre, auf ihrer Umlaufbahn verbleiben kann. Zubringerraumschiffe müssten an diese Raumstation ankop-

Interkosmos

Es gibt insgesamt neun Interkosmos-Missionen. Sowohl Wissenschaftler als auch Kosmonauten aus der Tschechoslowakei, aus Polen, der DDR, Bulgarien, Ungarn, Vietnam, Kuba, der Mongolei und aus Rumänien sind beteiligt.

Geteiltes Deutschland

In Deutschland steht zu diesem Zeitpunkt noch die Mauer, die das Land in Ostdeutschland – die DDR – und Westdeutschland – die BRD – teilt. Zu der Teilung Deutschlands war es infolge des Zweiten Weltkriegs gekommen. Die DDR (abgekürzt für Deutsche Demokratische Republik) gehört zu den Verbündeten der Sowjetunion, die BRD (die Bundesrepublik Deutschland) ist in vielen Bereichen Partner der USA. Die beiden deutschen Staaten stehen sich wie zwei feindliche Brüder misstrauisch gegenüber.

peln können, damit die Besatzung regelmäßig ausgetauscht werden kann. Außerdem müsste eine Frachtlinie regelmäßig frisches Wasser, Sauerstoff und Lebensmittel hochbringen und den Müll, der anfällt, zurück zur Erde transportieren.

Eine Forschungsstation im Kosmos! Dort könnte man vielen Fragen auf den Grund gehen, auf die man dringend Antworten braucht, bevor man Missionen zu entfernten Planeten, beispielsweise zum Mars, in Angriff nehmen kann. Die Verantwortlichen der russischen Raumfahrt erkennen, dass große wissenschaftliche und raumfahrttechnische Herausforderungen auf sie zukommen. Sie beschließen daher, Wissenschaftler befreundeter Länder mit einzubeziehen. Ein Programm zur internationalen Zusammenarbeit bei der gemeinsamen Erforschung des Weltraums wird ins Leben gerufen, das Interkosmos-Programm. Gemeinsam mit anderen Verbündeten der damaligen Sowjetunion beteiligen sich auch Deutsche daran.

Aus den Ländern, die mitmachen, soll später jeweils ein Kosmonaut ausgewählt und in Russland ausgebildet werden. An Bord der zukünftigen Raumstation werden sie gemeinsam mit russischen Kosmonauten Forschungsarbeit leisten können. Und somit eröffnet das Interkosmos-Programm erstmals die Chance für einen Deutschen, dass er Kosmonaut werden und ins All fliegen kann.

Zwischen 1971 und 1976 werden sechs verschiedene Raumstationen in die Umlaufbahn geschossen. Eine Vielzahl der Versuche, an diese Stationen Zubringerraumschiffe zu koppeln, schlägt jedoch fehl. Erst bei *Saljut 6*, am 29. April 1977 ins All befördert, sind die Konstrukteure zufrieden. *Saljut 6* besitzt gleich zwei Kopplungsanlagen, vier Kosmonauten können sich gleichzeitig in dieser Station aufhalten. Die internationalen Teams können kommen.

Juri Gagarin wünschte sich immer, dass die Nationen bei der friedlichen Nutzung des Weltraums zusammenarbeiten.

4

Ein Deutscher im All

>>> **Weltraumbahnhof Baikonur**, kasachische Steppe. Später Abend des 23. August 1978. Der Tag der Entscheidung: Endlich wird die Raumfahrtkommission bekanntgeben, welche beiden Männer drei Tage später mit dem Raumschiff *Sojus 31* in den Weltraum fliegen werden. Aus einer Vielzahl von Bewerbern sind nur vier Kandidaten übrig geblieben. Zwei davon sind Deutsche. Es ist das erste Mal, dass ein Deutscher die Möglichkeit bekommen wird, zusammen mit einem erfahrenen russischen Kosmonauten an einem Flug ins All teilzunehmen. Aber eben nur *ein* Deutscher.

Sigmund Jähn trägt seine Beobachtungen ins Bordtagebuch ein.

Seit beinahe zwei Jahren haben sich die Kosmonauten im Ausbildungszentrum im Sternenstädtchen in der Nähe von Moskau auf den Flug ins All vorbereitet. Die Ausbildung hat ihnen viel abverlangt. Bis zur totalen körperlichen Verausgabung haben sie für den Flug ins All trainiert, halbe Nächte durchgelernt, haben sich bei zahllosen Prüfungen auf ihre Belastbarkeit unter extremem Druck

Überlebenstraining: Bei einer Notlandung auf dem Wasser müssen die Kosmonauten die Kapsel verlassen und auf ihre Bergung warten.

Steckbrief Sigmund Jähn

Mission *Sojus 31*/*Saljut 6*/ *Sojus 29* 1978

Sigmund Jähn wurde am 13. Februar 1937 in Morgenröthe-Rautenkranz im Vogtland geboren. Er ist verheiratet und hat zwei Kinder.

Einige Stationen seiner Ausbildung und Tätigkeit:

Besuch der Volksschule I Lehre als Buchdrucker I Offizierslaufbahn bei der Nationalen Volksarmee (NVA) der DDR I Fliegerschule und Flugzeugführer in Dienststellungen der Luftstreitkräfte der DDR als einer der ersten Düsenpiloten der Luftwaffe I Studium an der Militärakademie Monino der Luftstreitkräfte der UdSSR I Inspekteur für Jagdfliegerausbildung und für Flugsicherheit I 1976 bis 1978 Kosmonautenausbildung im sowjetischen Sternenstädtchen bei Moskau I 26. August 1978 als erster Deutscher im All I Promotion auf dem Gebiet der Fernerkundung der Erde I Zwischen 1990 und 2002 arbeitet Jähn als ESA-Berater für das Astronautenteam im Sternenstädtchen bei Moskau. Heute wirbt er bei zahlreichen Veranstaltungen weiter für den Raumfahrtgedanken.

Sigmund Jähn und sein Kommandant Waleri Bykowski

testen lassen und auch noch ein hartes Überlebenstraining auf dem Meer durchgestanden. Und gleich wird feststehen, ob sich ihr enormer Einsatz gelohnt hat oder ob sie statt des Hauptgewinns die Niete ziehen und als Double – also als Ersatzmann – von der Erde aus zuschauen müssen, wie die beiden anderen ins All fliegen.

Der Vorsitzende der Kommission liest sachlich, ganz nüchtern die Namen der Besatzung von *Sojus 31* von einem kleinen Zettel ab, und da steht fest: Der erste Deutsche im All wird ein Mann namens Sigmund Jähn sein. Unter dem Kommando des Russen Waleri Fjodorowitsch Bykowski wird Sigmund Jähn mit dem Zubringerraumschiff *Sojus 31* zur russischen Raumstation *Saljut 6* fliegen, die in etwa 400 Kilometern Entfernung auf ihrer Umlaufbahn um die Erde kreist.

An Bord der Raumstation *Saljut 6* befinden sich seit mehr als 70 Tagen die beiden Russen Wladimir Kowaljonok und Alexander Iwantschenkow. Jähn und sein Kommandant werden gemeinsam mit den russischen Kollegen auf der *Saljut 6* wissenschaftliche Ex-

Ob ich schon als Kind davon geträumt habe, Kosmonaut zu werden? Nein! Als ich Kind war, gab es den Beruf Kosmonaut ja noch gar nicht!

Sigmund Jähn

perimente durchführen. Wenn alles planmäßig verläuft, kehren Jähn und Bykowski nach acht Tagen zur Erde zurück.

26. August 1978, Nachmittag, blauer Himmel über der kasachischen Steppe. Sigmund Jähn und Waleri Bykowski werden mit dem Bus zu der Rakete gebracht, die sie ins All befördern soll. Sie tragen ihre maßgeschneiderten Raumanzüge, die in der russischen Raumfahrt Skaphander (das griechische Wort für „Taucheranzug") genannt werden. Schwierig, in diesen starren Schutzanzügen bis zur Spitze der Rakete hochzuschauen.

Die *Sojus*-Trägerrakete ist 50 Meter hoch und 300 Tonnen schwer. Eingehüllt in eine weiße Wolke ragt sie vor ihnen auf. Die Wolke entsteht durch den verdampfenden flüssigen Sauerstoff, mit dem die Rakete betankt wird.

Die beiden Kosmonauten melden ihre Startbereitschaft. Für Waleri Bykowski ist es bereits die dritte Mission ins All. Er war ein guter Freund von Juri Gagarin.

Ein quietschender, käfigartiger Aufzug bringt die Männer zu ihrem Arbeitsplatz in der Kommandokabine des Zubringerraumschiffes *Sojus 31* ganz oben auf der Trägerrakete. Sigmund Jähn startet von der gleichen Abschussrampe, von der auch Juri Gagarin 17 Jahre vor ihm ins All abhob. Jeder, der von hier startet, fühlt sich mit Gagarin verbunden. Ohne Juri Gagarins Beweis, dass Men-

Skaphander

Skaphander werden bei der Annäherung und Kopplung an eine Raumstation und auch bei der Landung getragen, da dies die gefährlichsten Etappen eines Raumfluges sind. Die schützenden Anzüge sind wegen ihrer starren Konstruktion alles andere als bequem und werden daher im Alltag auf der Raumstation abgelegt. Ihre Funktion: Sie retten das Leben der Kosmonauten, sollte das Raumschiff undicht werden. Bei dem dann entstehenden, sofort tödlichen Druckabfall – im Weltall herrscht Vakuum, das heißt, es gibt weder Luft noch Luftdruck – wird der Anzug dann augenblicklich mit Sauerstoff aufgeblasen und sichert so den für das Überleben erforderlichen Luftdruck und die Atmung seines Trägers.

schen in der Schwerelosigkeit überleben können, ja, handlungs- und arbeitsfähig bleiben, wäre Jähn nicht hier.

Die Kosmonauten nehmen in der engen Kommandokabine auf den maßgeschneiderten Liegesitzen Platz. Mit Gurten werden die Beine fixiert. 140 Minuten verbringen sie in dieser unbequemen Position, während die letzten Vorbereitungen laufen. Sigmund Jähn freut sich auf den Start, kann kaum erwarten, dass es endlich losgeht. Mit 22 Millionen PS schießt die Rakete ins All. Um die Erdanziehungskraft zu überwinden und die Erde bis zum Andockmanöver auf einer stabilen Bahn umkreisen zu können, muss die Rakete das Raumschiff auf eine Geschwindigkeit von 28 000 Stundenkilometern beschleunigen. Wie wird sich das anfühlen?

Die Sonne in Baikonur ist untergegangen, die Rakete wird von Scheinwerfern angestrahlt. Der Flugleiter gibt den Befehl, die Wartungsbühne an der Rakete abzuschwenken. Die Rakete steht jetzt frei, ist nur noch am Fuß gehalten. Sigmund Jähn spürt, wie sie im kräftigen Steppenwind leicht hin und her schwankt. Zuletzt wird der Kabelturm heruntergeklappt. Bereits seit Stunden wird die Zeit rückwärts gezählt. Der ganze Startvorgang wird vom Computer gesteuert. Und dann sind sie da: die letzten Sekunden vor dem Start. Der berühmte Count-down, bevor die Triebwerke gezündet werden und der Aufstieg ins All beginnt.

Die Aufgabe eines Kosmonauten beim Start: kontrollieren, ob die Anzeigen der Geräte im normalen Bereich sind. Er hat während des zehnminütigen Aufstiegs keinen Einfluss auf die Rakete. Er muss sich zur Ruhe zwingen, das ist jetzt das Wichtigste.

Unter Druck Ruhe bewahren und Disziplin zeigen – das kann Sigmund Jähn, sonst wäre er nicht ausgewählt worden. Als Flieger ist Sigmund Jähn einmal nur um Haaresbreite einem Zusammenstoß entgangen. Ein anderes Mal musste er sich mit dem Schleudersitz aus einem abstürzenden Flugzeug retten. Brenzlige Situationen gab es genug, er hat gelernt, sie zu meistern.

Die Triebwerke der ersten und der zweiten Stufe werden gezündet. Die Rakete beginnt zu vibrieren. Der Lärm beim Start ist oben in der Kommandokabine bei Weitem nicht so laut wie der, der den Zuschauern, 50 Meter weiter unten, entgegenbraust. Unten ist die Hölle los. Eine nicht enden wollende Explosion bringt die Erde im weiten Umkreis zum Beben. Die Rakete steht zitternd auf einem turmhohen Strahl aus Feuer. Erst langsam, dann immer schneller setzt sie sich in Bewegung.

Sigmund Jähns Aufstieg verläuft ohne Zwischenfälle. Ein Bilderbuchstart: Nach zehn Sekunden durchbricht die Rakete in zwölf Kilometern Höhe die Schallmauer. Nach 100 Sekunden, etwa auf einer Höhe von 40 Kilometern, trennt sich die erste Raketenstufe mit einem spürbaren Ruck ab. Die Rakete wird dadurch leichter und kann deshalb immer schneller werden. In 80 Kilometern Höhe, also nach 140 Sekunden, wird das Trenntriebwerk, das zur Ret-

Überlastung

Durch den Schub der Rakete drückt etwa viermal so viel Gewicht auf den Körper des Kosmonauten, wie er tatsächlich wiegt. Ein 80 Kilo schwerer Mann wird also von einem Gewicht von 320 Kilo in seinen Konturensessel gepresst. Wenn er seine Hand hebt, ist diese Hand viermal so schwer wie auf der Erde. Diese Überlastungskräfte erreichen im Falle eines Notausstiegs für den Bruchteil einer Sekunde das 20-fache Gewicht des Kosmonauten. Ein 80 Kilo schwerer Mann muss dann den enormen Druck von 1 600 Kilo aushalten.

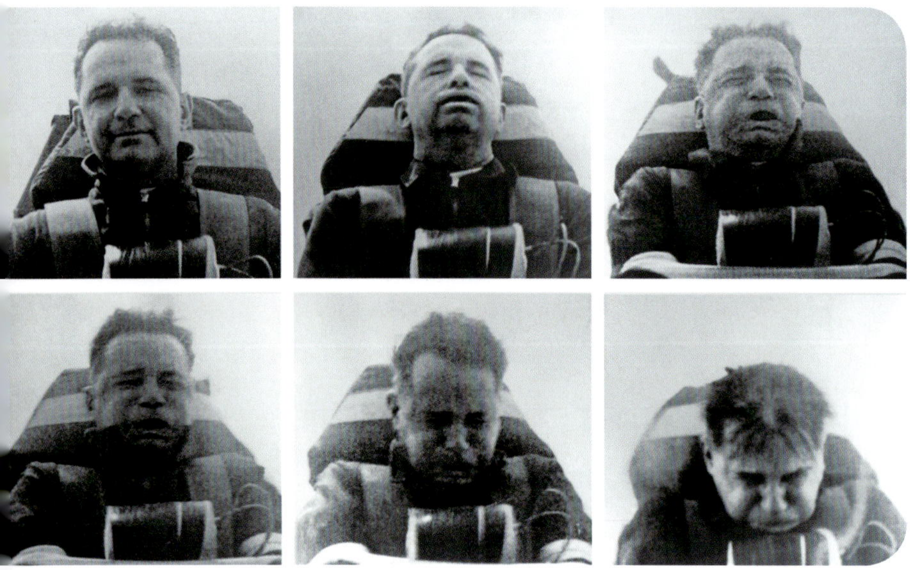

Die Maximalgeschwindigkeit bei diesem Überlastungstest waren 970 Stundenkilometer. Der zunehmende Druck, der bis zum zwölffachen des Körpergewichts ging, spiegelt sich im Gesicht des Testpiloten wider.

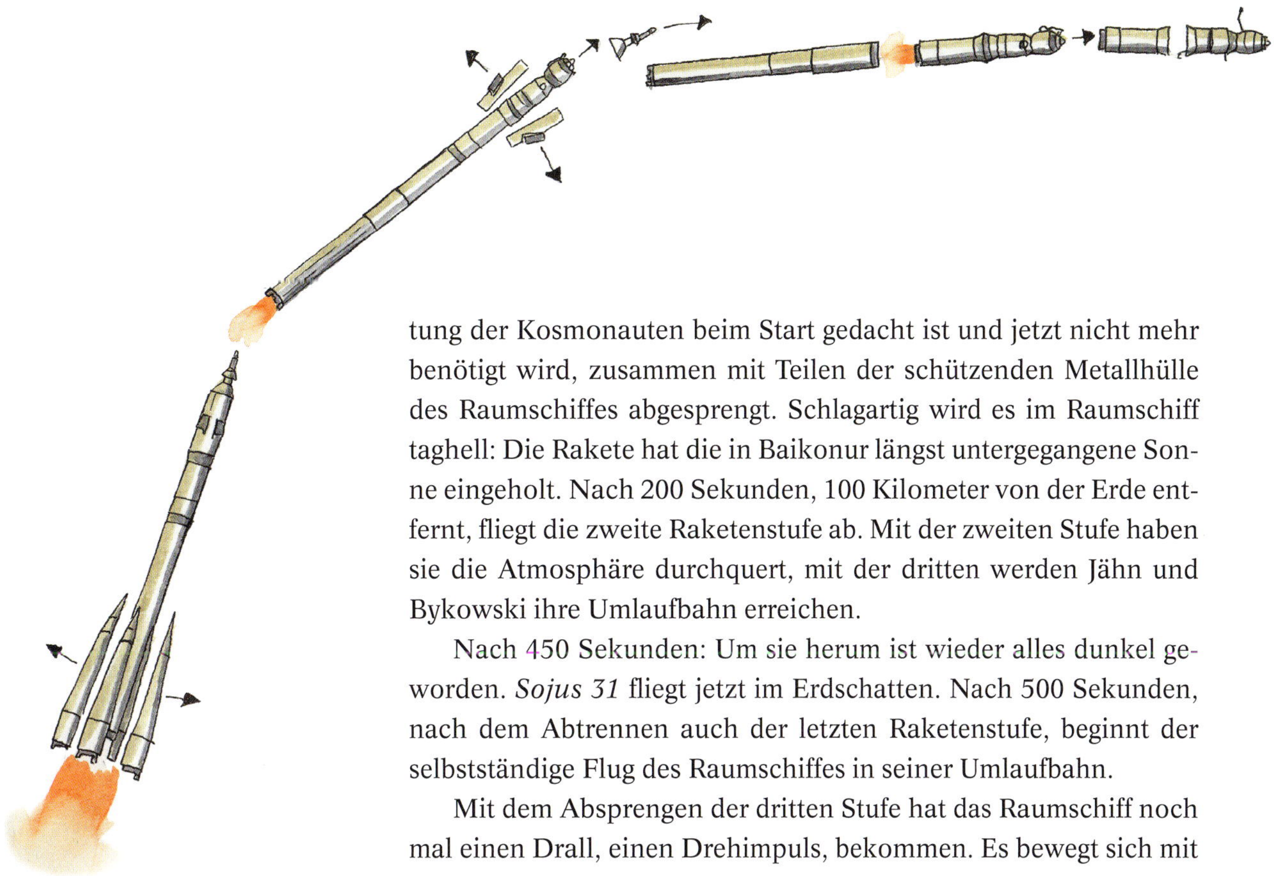

tung der Kosmonauten beim Start gedacht ist und jetzt nicht mehr benötigt wird, zusammen mit Teilen der schützenden Metallhülle des Raumschiffes abgesprengt. Schlagartig wird es im Raumschiff taghell: Die Rakete hat die in Baikonur längst untergegangene Sonne eingeholt. Nach 200 Sekunden, 100 Kilometer von der Erde entfernt, fliegt die zweite Raketenstufe ab. Mit der zweiten Stufe haben sie die Atmosphäre durchquert, mit der dritten werden Jähn und Bykowski ihre Umlaufbahn erreichen.

Nach 450 Sekunden: Um sie herum ist wieder alles dunkel geworden. *Sojus 31* fliegt jetzt im Erdschatten. Nach 500 Sekunden, nach dem Abtrennen auch der letzten Raketenstufe, beginnt der selbstständige Flug des Raumschiffes in seiner Umlaufbahn.

Mit dem Absprengen der dritten Stufe hat das Raumschiff noch mal einen Drall, einen Drehimpuls, bekommen. Es bewegt sich mit einer Geschwindigkeit von 28 000 Kilometern pro Stunde auf seiner Umlaufbahn vorwärts und dreht sich dabei beständig um sich selbst. Das Raumschiff hat jetzt keine Antriebsstufen mehr, aber noch kleinere Triebwerke, mit denen es manövrieren kann und die es ermög-

Start von *Sojus 31* und Flug in die Umlaufbahn. Die drei Antriebsstufen werden nacheinander gezündet und dann abgesprengt.
Das Raumschiff besteht aus drei Teilen. In der Mitte ist die Kommandokabine, in der die Kosmonauten beim Start und bei der Landung liegen. Es ist das einzige Teil des Raumschiffes, das zur Erde zurückkommt. Hinten sind die Triebwerke und Treibstofftanks angebracht. Vorne befindet sich ein kugelförmiger Bereich mit Beobachtungsgeräten, Vorratskammer, Bordapotheke und den Geräten, die man zum Ankoppeln an die Raumstation braucht.

Antriebslos?

Warum braucht das Raumschiff auf seiner Umlaufbahn um die Erde keinen Antrieb mehr?
Isaac Newton (1643–1727), einer der bedeutendsten Naturwissenschaftler der Menschheit, fand heraus, dass ein Körper in seinem momentanen Bewegungszustand verharrt, wenn keine Kräfte auf ihn wirken. Für das Raumschiff bedeutet das: Sobald die Trägerrakete es im Weltraum auf 28 000 Stundenkilometer beschleunigt hat, bleibt es, auch nach dem Abschalten des Antriebs, in dieser Geschwindigkeit, da es ja im luftleeren Raum des Alls so gut wie keine Reibung gibt und das Raumschiff nicht abgebremst wird. Dass es im Weltraum nicht auf und davon fliegt, dafür sorgt die Schwerkraft der Erde, die aus der Vorwärtsbewegung eine Kreisbewegung um die Erde herum werden lässt.

Sigmund Jähn bespricht in der Schwerelosigkeit „Hals über Kopf" die nächste Schicht.

lichen, am Ende der Mission zur Erde zurückzufliegen. Diese Manövriertriebwerke bringen das Raumschiff wieder in eine stabile Lage.

Jähn sieht nach, ob sie sich auch im richtigen Sternbild bewegen. Alles in Ordnung: Durch das Bullauge des Raumschiffes sieht er den Wassermann. Der Spannungszustand, in dem sich Sigmund Jähn seit Stunden befindet, lässt nach. Erleichtert und glücklich fühlt er sich. Richtig von Herzen froh. Genauso wie damals als Flieger, als er sein erstes Flugzeug eigenständig steuern durfte.

Seine kleine Tochter Grit hat ihm ein selbst gebasteltes Püppchen als Maskottchen mit auf den Weg gegeben. Die kleine Puppe hat er beim Start vor sein Gerätebrett gehängt, und jetzt hängt sie nicht mehr, sie schwebt. Schwerelos! Sie befinden sich jetzt in der Schwerelosigkeit!

In der Umlaufbahn dürfen die Kosmonauten die unbequemen Skaphander ablegen und sich von den Gurten lösen. Und da schwebt Sigmund Jähn zum ersten Mal in seinem Leben frei im Raum! Wenn er sich nur leicht abstößt, kommt er sofort ins Trudeln und muss sich mit Füßen oder Händen an den Wänden abbremsen. Schwerelosigkeit macht Spaß! Er lernt schnell, sich nicht zu ruckartig zu bewegen. Sonst gibt es Beulen. Neugierig schwebt er an eines der Bullaugen.

Unfassbar, wie viel er aus dieser Höhe – sie sind bereits über 400 Kilometer von der Erde entfernt – gleichzeitig zu sehen bekommt! Den Kontinent Australien, dann das Mittelmeer, ganz Europa, von Spanien angefangen bis hin nach Deutschland. Berlin taucht auf, aber gleichzeitig mit Berlin auch Warschau und wenige Sekunden darauf Moskau. Etwa 20 Minuten später beobachtet er dann über Kanada ein Nordlicht.

90 Minuten, so lang wie zwei Schulstunden, braucht das Raumschiff, um die Erde einmal zu umrunden. Gleichzeitig dreht sich die Erde unter ihnen um ihre eigene Achse. Bei jedem Umlauf haben sie daher einen Blick auf andere Länder.

Seekrank im All

Viele Kosmonauten haben große Anpassungsschwierigkeiten in der Schwerelosigkeit. Das Gleichgewichtsorgan im Ohr, das auf die Schwerkraft eingestellt ist, schwebt plötzlich frei und übermittelt dem Hirn falsche Informationen. Vielen Kosmonauten wird, ähnlich wie bei Seekrankheit, erst mal speiübel; man nennt diese Beschwerden daher „Raumfahrerkrankheit". Ob jemand Kosmonaut werden kann, hängt daher auch nicht zuletzt davon ab, ob der Körper dieser Umstellung gewachsen ist.

Innerhalb nur eines Tages erleben die Kosmonauten 16 Sonnenaufgänge. „Sie sind noch weit schöner, als meine Fotos wiedergeben“, sagt Sigmund Jähn.

An einem einzigen Tag erleben die Kosmonauten 16 Sonnenaufgänge und 16 Sonnenuntergänge. Wenn das Raumschiff aus der Nachtseite herauskommt, fliegt es der Sonne entgegen. Das intensive Farbenspiel des kosmischen Sonnenaufgangs macht den tiefsten Eindruck auf den Deutschen. Daran kann er sich kaum sattsehen. Er fotografiert und fotografiert. Aber kein Foto gibt später wieder, wie schön dieses Licht wirklich ist.

Zeit, die vielen neuen Eindrücke in sich aufzunehmen oder gar zu genießen, bleibt den Kosmonauten kaum. Sie müssen ihre Konzentration darauf richten, die vielen Daten, die die Geräte an Bord anzeigen, zu kontrollieren. Das macht während der Annäherung von *Sojus 31* an die Raumstation, die einen ganzen Tag dauert, mehr als 500 Kontrollen aus. Immer wieder müssen sie durch Schalten der Triebwerke Kurskorrekturen vornehmen. Besonders wichtig: die Überprüfung der Sauerstoffversorgung. Ist das Raumschiff auch wirklich dicht? Die von der Erde mitgebrachte Luft darf nicht entweichen.

Vor ihnen liegen 25 Stunden, in denen sie die Erde 17-mal umkreisen müssen, dann werden sie *Saljut 6* eingeholt haben. Während der 18. Erdumrundung erfolgt die Kopplung an die Raumstation. In dieser Zeit müssen die Kosmonauten auch einmal für ein paar Stunden schlafen. Und das geht so: Sie binden ihren Schlafsack wie eine Hängematte an zwei Rohrleitungen fest und machen es sich darin, so gut es geht, bequem.

Ein Polarlicht über Kanada. Polarlichter entstehen, wenn elektrisch geladene Teilchen, die von der Sonne kommen, auf die Erdatmosphäre treffen und dabei ihre Ladung abgeben.

5

Angedockt!

Für den 27. August ist das Ankoppeln des Raumschiffes an die Weltraumstation *Saljut 6* vorgesehen, was zu den schwierigsten Manövern der Raumfahrt gehört. Beide Satelliten – jeden künstlichen Flugkörper, der auf einer Umlaufbahn um die Erde unterwegs ist, bezeichnet man wie auch Monde als Satellit – bewegen sich mit einer Geschwindigkeit von 28 000 Stundenkilometern wie zwei Teile des gleichen Karussells auf ihrer Umlaufbahn.

Um 19.05 Uhr erfolgt das Kommando „Annäherung". Zwei Übersichtsantennen des Raumschiffes suchen nach der Raumstation. Sobald diese erfasst ist, drehen sich das Raumschiff und die Raumstation mit ihrer Kopplungseinheit einander zu. Die Annäherung erfolgt computergesteuert. In etwa drei Kilometern Entfernung zur Raumstation wird das Raumschiff abgebremst. Zum Bremsen muss es sich um 180 Grad um die eigene Achse drehen.

Bei 1700 Metern Entfernung zur Raumstation dreht sich das Raumschiff um 90 Grad zurück, die Triebwerke arbeiten für sechs Sekunden in dieser Seitenlage, dann erfolgt eine weitere Drehung um 90 Grad.

Die Geschwindigkeit, mit der sich *Sojus 31* an die Station annähert, beträgt zwei Meter pro Sekunde, meldet Jähn an Bykowski. Das ist zu wenig, stellen sie fest. Viel zu langsam! Also wieder eine Drehung um 90 Grad, wieder werden die Triebwerke eingeschaltet, wird kontrolliert und eine Meldung gemacht. Plötzlich wird alles um sie herum dunkel. Sie sind in die Nachtseite eingeflogen.

? Funkverkehr

Zum Zeitpunkt der Annäherung befindet sich *Sojus 31* über dem Atlantik. Jedes gesprochene Wort der Kosmonauten legt über Funk eine gewaltige Strecke zurück: Vom Raumschiff wandert es zu einem Forschungsschiff im Südatlantik, von dort zu einem Forschungsschiff, das vor der Küste Westafrikas liegt, dann zu einem Schiff im Mittelmeer, und von dort wird es ins Flugleitzentrum nach Moskau weitergeleitet.

Die Kopplung von Raumflugkörpern ist eine komplizierte und überaus verantwortungsvolle technische Operation. Das war der Moment, auf den wir uns am meisten vorbereitet haben, der erfordert auch die höchste Nervenanspannung.

Sigmund Jähn

Sojus 31 dockt an *Saljut 6* an. Auf der anderen Seite ist das Raumschiff *Sojus 29* angekoppelt.

Was besonderen Stress auslöst, ist die ständige Alarmbereitschaft. Falls der Rechner Zahlen ausspuckt, die anzeigen, dass etwas nicht richtig läuft, müssen sie in Bruchteilen von Sekunden die richtigen Kommandos geben. Wie häufig Kopplungen misslungen sind, kann man nur vermuten. Das wurde geheim gehalten, da man Misserfolge während des Kalten Krieges nicht zugeben wollte. Wohl mindestens ein Dutzend Mal flogen Raumschiffe einfach an der Station vorbei, weil der Rechner zum Beispiel eine Null dazuerfand und so aus 500 Metern Entfernung 5 000 machte. Jähn weiß davon natürlich. Er passt auf wie ein Luchs. Viel einfacher wäre es für ihn, wenn er die letzten 300 Meter einfach zur Handsteuerung übergehen dürfte, die er ja wie im Schlaf beherrscht. Aber das ist, solange die Rechner einwandfrei arbeiten, nun mal nicht vorgesehen. In 100 Metern Entfernung von *Saljut 6* schaltet Jähn einen starken Scheinwerfer ein. Jetzt kann er die Heckseite der Station wieder deutlich erkennen. In ihrem Visier auf dem Gerätebrett erscheint ein rotes Zielkreuz. Das müssen sie ansteuern. Auf den letzten Metern kommt es immer wieder zu automatischen Kurskorrekturen. Der Kopplungsstutzen an der Raumstation hat die Größe eines Wasserglases. Mit seinem 80 Zentimeter langen Kopplungsrohr muss das Raumschiff genau in dieses Ziel treffen und nicht einen Zentimeter daneben.

Als Kopplungsrohr und Kopplungsstutzen zusammentreffen, gibt es einen metallischen Schlag. Es ist jetzt 19.37 Uhr und 37 Sekunden. Den beiden Kosmonauten fällt ein riesiger Stein vom Herzen: Die Signalfelder zeigen an, dass die Kopplung erfolgreich verlaufen ist. Die Schwingungen, in die das Raumschiff kurzzeitig gerät, sind völlig normal. Im Flugleitzentrum in Moskau brechen die Leute in Jubel aus und klatschen Beifall. Über Funk beglückwünschen auch die beiden Russen aus der Station die Neuankömmlinge.

Auch in Jähns Heimat haben die Menschen bei diesem Manöver mitgefiebert. Seit die Zeitungen am Starttag titelten: „Einer von uns ist oben!“, verfolgen seine Landsleute in Sondersendungen jede einzelne Etappe seines Weltraumfluges. Über Nacht fühlt sich das ganze Land mit diesem Mann verbunden. 50 000 Briefe, Postkarten und Telegramme werden in diesen Tagen an ihn abgeschickt. Die Menschen wollen alles, wirklich alles über den ersten deutschen Kosmonauten wissen. Das Dorf, aus dem Sigmund Jähn stammt, kennt bald jeder: Morgenröthe-Rautenkranz im Vogtland.

Nach der erfolgreichen Kopplung tritt eine Automatik in Kraft, die eine absolut dichte Verbindung zwischen Raumstation und Raumschiff herstellt. Acht Schlösserpaare greifen ineinander. Mit einer Kraft von 20 Tonnen Gewicht werden die beiden Satelliten aneinandergepresst und förmlich miteinander verschweißt. Die Raumstation besteht nun aus dem Raumschiff *Sojus 31*, der Raumstation *Saljut 6* und dem auf der anderen Seite angekoppelten Raumschiff *Sojus 29*, mit dem die beiden russischen Kosmonauten vor zweieinhalb Monaten zur Station *Saljut 6* geflogen sind. Der ganze Komplex ist 30 Meter lang und wäre auf der Erde 30 Tonnen schwer. Er fliegt mit etwa 28 000 Stundenkilometern auf seiner Umlaufbahn um die Erde. Die beiden Russen in der Raumstation freuen sich riesig auf ihre Besucher. Über 70 Tage kreisen sie schon um die Erde. Jähn und Bykowski haben ihnen Post von ihren Familien mitgebracht, auch frische Leckerbissen von der Erde. Gleich werden ihre Gäste hereinschweben, denken sie. Aber nichts passiert. Die Luke des frisch angekoppelten Raumschiffes öffnet sich zum vorgeschriebenen Zeitpunkt nicht.

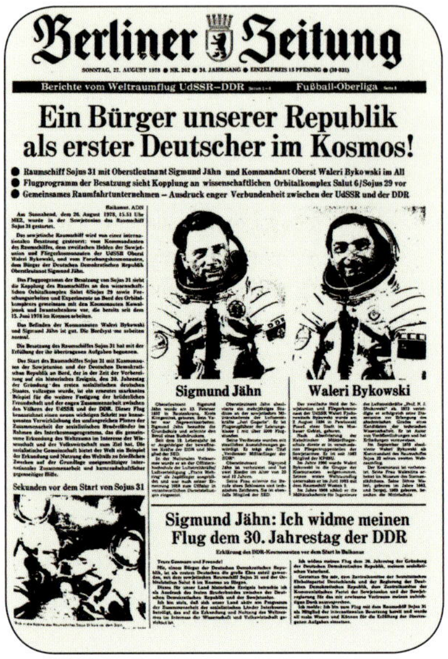

Berliner Zeitung

SONNTAG, 27. AUGUST 1978 ● NR. 202 ● 34. JAHRGANG ● EINZELPREIS 15 PFENNIG ● (30 021)

Berichte vom Weltraumflug UdSSR–DDR — Fußball-Oberliga

Ein Bürger unserer Republik als erster Deutscher im Kosmos!

- Raumschiff Sojus 31 mit Oberstleutnant Sigmund Jähn und Kommandant Oberst Waleri Bykowski im All
- Flugprogramm der Besatzung sieht Kopplung an wissenschaftlichen Orbitalkomplex Salut 6/Sojus 29 vor
- Gemeinsames Raumfahrtunternehmen – Ausdruck enger Verbundenheit zwischen der UdSSR und der DDR

Sigmund Jähn — Waleri Bykowski

Sekunden vor dem Start von Sojus 31

Sigmund Jähn: Ich widme meinen Flug dem 30. Jahrestag der DDR

Die Zeitungen der DDR feiern den deutschen Kosmonauten.

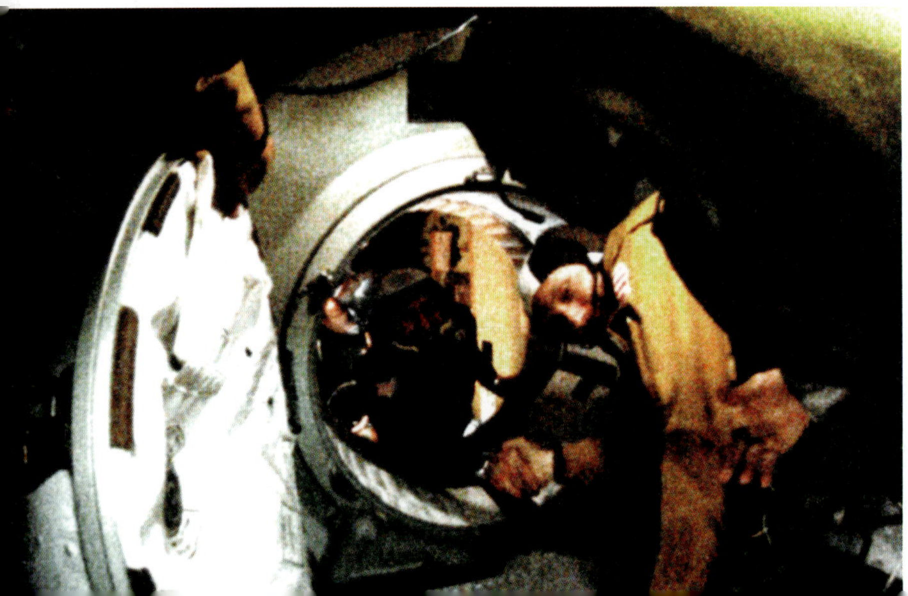

Mitten im Kalten Krieg kommt es beim *Apollo-Sojus*-Projekt zu einem russisch-amerikanischen Treffen im Weltall: Eine *Apollo*- und eine *Sojus*-Kapsel koppeln aneinander an, die Besatzung begrüßt sich durch die geöffnete Luke hindurch. Das Projekt wird jedoch nicht fortgesetzt.

Katastrophen

Die bemannte Raumfahrt ist nicht ungefährlich. Einige schwere Katastrophen bis 1978:

24. Oktober 1960: Im Weltraumbahnhof Baikonur explodiert eine militärische Interkontinentalrakete; mindestens 126 Menschen sterben.

22. März 1961: Während eines Trainingsaufenthalts in einer mit reinem Sauerstoff gefüllten Isolationszelle verbrennt der Kosmonaut Walentin Bondarenko.

27. Januar 1967: An Bord einer *Apollo*-Kapsel bricht während einer Startsimulation Feuer aus. Die drei Astronauten Virgil Grissom, Edward H. White und Roger B. Chaffee sterben.

23. April 1967: Der Kosmonaut Wladimir Komarow verunglückt bei der Landung der *Sojus 1* tödlich.

11. April 1970: Bei der *Apollo-13*-Mission explodiert 55 Stunden nach dem Start ein Sauerstofftank. Alle drei Mannschaftsmitglieder werden gerettet.

6. Juni 1971: Bei der Rückkehr der Raumkapsel *Sojus 11* zur Erde ersticken die Kosmonauten Georgi Dobrowolski, Viktor Pazajew und Wladislaw Wolkow.

Der Schließmechanismus lässt sich problemlos entriegeln, aber der Deckel gibt keinen Millimeter nach. Es liegt an der Gummiabdichtung der Luke. Sie hat sich, ähnlich wie bei einem fest verschlossenen Einweckglas mit selbst gemachter Marmelade, zu fest angesaugt. Gemeinsam reißen die beiden Männer fluchend am Deckel der Luke. Das Team von *Sojus 27* musste am 25. April 1971 wegen solch einer klemmenden Luke unverrichteter Dinge zurück zur Erde fliegen. Jetzt umkehren? Die Mission abbrechen? Was für eine Niederlage! Sie setzen ihre ganze Körperkraft ein, stützen sich mit den Füßen an den Wänden ab, und so gelingt es doch noch, die verflixte Luke zu öffnen. Erleichtert schwebt Sigmund Jähn seinem

Die Besatzung macht für das Kinderfernsehen der DDR eine Sendung aus dem All. Mit dabei: das Sandmännchen

Kommandanten voraus in die Raumstation, die etwa so groß ist wie ein kleinerer Reisebus. Er freut sich auf seine russischen Kollegen, die er von der gemeinsamen Ausbildung her kennt.

Blass sehen die beiden aus. Mehr als zwei Monate sind sie allein hier draußen, weit von der Erde entfernt. Wie die Kinder freuen sich Wladimir Kowaljonok und Alexander Iwantschenkow über die Besucher. Bis tief in die Nacht wird das Wiedersehen gefeiert.

Am nächsten Tag erlebt der Deutsche den Alltag an Bord einer russischen Raumstation. Wecken um 8 Uhr – immer Moskauer Zeit. Auf der Erde würde man nach dem Aufstehen duschen. Wasser ist in einer Raumstation jedoch ein kostbares Gut. Daher ist meist Katzenwäsche mit einer speziellen Art Feuchttüchern angesagt. Die Toilette ähnelt einer Flugzeugtoilette, nur muss man sich im Raumschiff anschnallen, um nicht wegzuschweben. Ein Saugluftsystem verhindert das Schlimmste.

Zum Frühstück schweben die vier Männer dann zu viert an einen Tisch. In einer speziellen Vorrichtung im Tisch kann man die Mahlzeiten oder Getränke erwärmen. Zum Frühstück drücken sich die Kosmonauten erwärmten Kaffee aus Tuben in den Mund. Gläser oder Tassen wären hier fehl am Platz, weil die Flüssigkeit einfach herausschweben würde. Direkt aus der Packung, meist einem Beutel mit Fertignahrung, essen die Kosmonauten ihre Mahlzeiten. Im Tisch gibt es Befestigungsvorrichtungen für diese Beutel und für das Besteck. Alles ist genau durchdacht, damit das Essen in der Schwerelosigkeit nicht zur „Sauerei“ wird.

Nach dem Frühstück geht das wissenschaftliche Programm los. Dafür ist jede Minute ganz exakt verplant. Oft muss der Kosmonaut mehrere Experimente zur selben Zeit durchführen. Lange vor der Mission bekommen die Kosmonauten ihre späteren Aufgaben zugeteilt und werden in vielen Stunden darin geschult, die vielen Experimente korrekt durchzuführen.

Sigmund Jähns Spezialgebiet ist die Fernerkundung der Erde. Neben vielen anderen Experimenten, die er an Bord der Station durchführen muss, ist es seine Aufgabe, mit speziellen Kameras Aufnahmen von der Erde und auch von der Atmosphäre – der Lufthülle, die sie umgibt – zu machen. Die Aufnahmen von der Erde ermöglichen es unter anderem, gezielter nach Bodenschätzen zu suchen. Bevor man die Aufnahmen aus dem All hatte, musste man beispielsweise auf der Suche nach Erdöl eine Reihe extrem teurer,

Wasserrecycling

In Raumstationen ist es das Ziel, das verbrauchte Wasser nach dem Vorbild der Natur in einem Kreislauf zu halten. Zum Teil ist das bereits erreicht. Wenn man ausatmet oder schwitzt, ist Feuchtigkeit in der Luft. In einem Raumschiff wird diese Feuchtigkeit wieder zu Wasser gemacht. Zu trinkbarem Wasser! Wenn die bemannten Reisen ins All später länger werden, Missionen zum Mars beispielsweise, dann wird man selbst den Urin der Kosmonauten wieder zu Trinkwasser umwandeln. Schon heute werden Urin und Brauchwasser genutzt, nämlich zur Herstellung von Sauerstoff.
In einem Prozess, den man Hydrolyse nennt, wird Wasser in seine Bestandteile Sauerstoff und Wasserstoff zerlegt.

Viele Experimente werden in Zusammenarbeit mit Wissenschaftlern und Ärzten gemacht, die auf der Erde sind. Die meisten Experimente nutzen die Schwerelosigkeit in irgendeiner Form für ihre Fragestellung. Häufig ist der Kosmonaut selbst das Versuchskaninchen. Hier testen Jähn und Iwantschenkow, wie sich der Geräuschpegel in der Station auf das Hören auswirkt.

oft ergebnisloser Probebohrungen machen, bevor man schließlich fündig wurde. Mithilfe der Aufnahmen aus dem All sind heute von zehn Bohrungen neun erfolgreich. Auch mögliche Wasservorräte in der Wüste verraten die Fotos oder wie es um die Eismassen an den Polen steht. Aber auch Umweltschäden wie dem Waldsterben kommt man anhand der Aufnahmen aus dem All viel besser auf die Spur.

Besonders beeindruckend für Sigmund Jähn ist der Blick aus 400 Kilometern Höhe auf Polarlichter. Aus der Station hat der Kosmonaut einen gewaltigen Überblick. Er sieht graugrünliche Schleier, die sich wellenförmig bewegen. Ein Meer aus wogendem Licht. Rot, grün, grau, violett. Als dann die Sonne aufgeht, überfluten ihre Strahlen die geheimnisvollen Erscheinungen.

In seiner Freizeit schaut Sigmund Jähn fast immer aus den Fenstern der Station und fotografiert. Manchmal vergisst er in seiner Begeisterung, den Fotoapparat festzuhalten, der dann davonschwebt, und ein ums andere Mal muss der deutsche Kosmonaut hinterherschweben und ihn suchen.

Bereits vor meinem Flug wusste ich, dass unser Planet klein und verwundbar ist. Doch als ich ihn in seiner unsagbaren Schönheit und Zartheit aus dem Weltraum sah, wurde mir klar, dass die wichtigste Aufgabe der Menschen ist, ihn für zukünftige Generationen zu hüten und zu bewahren.

Sigmund Jähn

6

Rückkehr zur Erde

Nach einer Woche heißt es packen. Drei Erdumrundungen dauert es, bis alle Fotomaterialien, die wissenschaftliche Ausrüstung, biologische Kulturen, Aufzeichnungen und die Sandmännchenpuppe – über 100 nummerierte Transportstücke – in Plastikbeuteln verpackt in den Behältern der engen Landekapsel verstaut sind. Andauernd fehlt etwas oder schwebt davon. Eine der Versuchsfliegen krabbelt plötzlich außerhalb des fest verschlossenen Behälters herum, in dem sie gleich zur Erde transportiert werden soll. Gar nicht so leicht für den deutschen Kosmonauten, ihr hinterherzufliegen und sie wohlbehalten wieder einzufangen.

Und dann heißt es Abschied nehmen. Für lange Wehmut ist jedoch keine Zeit. Jähn und sein Kommandant – sie tragen jetzt wieder ihre Skaphander – müssen sich auf die Technik in ihrem Raumschiff konzentrieren, das jetzt *Sojus 29* heißt. Vor Tagen schon haben sie ihre für sie persönlich maßgefertigten Konturensessel aus *Sojus 31* geholt und in *Sojus 29* montiert.

Die Ablegetriebwerke schalteten sich ein und wie ein riesengroßer Haifisch schwamm die Station von uns fort.
Sigmund Jähn

3. September 1978, 0.17 Uhr. Die Türen zwischen *Saljut 6* und *Sojus 29* werden geschlossen. Gewissenhaft überprüfen Jähn und Bykowski ihr neues Raumschiff auf Dichtigkeit und kontrollieren die Systeme. Eine langwierige Prozedur. Um 11.20 Uhr wird abgekoppelt, und nur eine letz-

Jähns Abschiedsfoto von *Saljut 6* mit dem angekoppelten Raumschiff *Sojus 31*

te Aufgabe muss noch erledigt werden: Zum ersten Mal soll eine Raumstation von einem ablegenden Raumschiff aus fotografiert werden. Waleri Bykowski steuert das Raumschiff per Handsteuerung um die Raumstation herum und Sigmund Jähn macht seine Aufnahmen. Ein bewegender Moment: *Saljut 6,* sieben Tage lang ihr Zuhause, ist hell von der Sonne erleuchtet, wie in Gold getaucht.

Punktgenau wollen sie innerhalb von zwei Stunden in der kasachischen Steppe in der Nähe der Stadt Dscheskasgan landen. Ebenes Wüstengelände erwartet sie dort. Doch an diesem 3. September 1978 wird die Landung zu einem gefährlichen Vorhaben: In der Steppe bläst ein starker Wind, ganze Bäume werden davon bewegt, Menschen am Gehen gehindert. Wie wird es der Landekapsel ergehen, die ja zum Zeitpunkt der Landung an einem riesigen Fallschirm hängt?

Beim Start war das Raumschiff auf die normale Fluggeschwindigkeit von 28 000 Stundenkilometer beschleunigt worden, bei der Landung muss es auf eine Fallgeschwindigkeit von drei bis fünf Metern in der Sekunde, etwa 15 Stundenkilometer, abgebremst werden. Dazu wird das Raumschiff erst einmal entgegen der Flugrichtung gedreht, damit das Haupttriebwerk zum Abbremsen genutzt werden kann. Es muss auf die Sekunde genau eingeschaltet werden.

Verpasst man den richtigen Zeitpunkt auch nur um eine Minute, dann wird der vorgeschriebene Landeplatz um 500 Kilometer

Staub im Weltraum

Im Weltraum gibt es Staub. Auch wenn die einzelnen Staubkörnchen sehr klein sind, hinterlassen sie infolge der hohen Geschwindigkeit, mit der sie auf die Station und die Raumschiffe prasseln, Kratzer. Die Bordfenster können durch solche Kratzer blind werden. Heute kann man sie durch bewegliche Deckel schützen. Jähn und Bykowski nehmen das Raumschiff der Stammbesatzung, das bereits über zweieinhalb Monate dieser Beanspruchung ausgesetzt ist, und lassen ihr neueres Raumschiff dort.

Saljut 6

Die Raumstation *Saljut 6* bestand aus einer Schleusensektion mit Kopplungsstutzen im Vorderteil und besaß ein zweites Kopplungsaggregat im Heck, einen Arbeitsraum von 3 m Durchmesser und 3,8 m Länge, einen Arbeits- und Aufenthaltsraum (Durchmesser 4,15 m, Länge 5,4 m) und einen Versorgungs- und Geräteteil. Die Energieversorgung wurde von Solarzellen übernommen. An den Kopplungsstutzen konnten sowohl bemannte *Sojus*-Raumfahrzeuge als auch unbemannte automatische Frachter vom Typ *Progress* andocken. *Saljut 6* wurde am 29. September 1977 gestartet und war die erste wiederauftankbare Raumstation. Daher hatte sie eine längere Nutzungsdauer und blieb fast fünf Jahre im All, bis sie am 29. Juli 1982 verglühte. Insgesamt besuchten 16 Mannschaften die Station. Mit ihr begann das Interkosmos-Programm, das Kosmonauten aus befreundeten Nationen einen Weltraumaufenthalt ermöglichte. Insgesamt war die Station an 685 Tagen besetzt.

Die größte Zentrifuge der Welt steht im Kosmonauten-Trainingscenter im Sternenstädtchen bei Moskau.

verfehlt. Der Automat, der die Zeit anzeigt, tickt und tickt. Dann eine Schrecksekunde: Die Leuchtanzeige erlischt, und das Ticken hört auf. Die Kosmonauten sehen sich alarmiert an. Was jetzt? Wurde das Landeprogramm abgestoppt? Zum Glück tickt der Automat nach einem kurzen Aussetzer normal weiter, und die Bremstriebwerke schalten sich zum richtigen Zeitpunkt ein. In solchen Momenten braucht man Nervenstärke.

Durch das Verringern der Geschwindigkeit kommt das Raumschiff der Erde näher, das heißt, die Erde zieht das Raumschiff wieder stärker an. Zunächst nähern sie sich über Tausende von Kilometern in einer flachen Kurve der Erdoberfläche. Der Zeitautomat tickt. Die Trennung des Raumschiffes in drei Teile steht unmittelbar bevor. Dann ein Knall, als würde Stahl zerspringen. Rechts und links fliegen Teile weg: der Bereich mit den Triebwerken und der mit der Kopplungsvorrichtung. In der Atmosphäre werden sie verglühen. Mit dem Eintauchen in die dichteren Schichten der Atmosphäre fallen sie steil nach unten. Nur der Landeapparat ist jetzt noch übrig. Der rast mit einer Geschwindigkeit 20-mal schneller als der Schall der Erde entgegen. Es ist ohrenbetäubend laut, ein

? Zentrifuge

Die Kosmonauten bereiten sich in einer Zentrifuge auf diese extreme körperliche Belastung, die für wenige Minuten während des Starts und auch bei der Landung auftritt, vor.
Eine Zentrifuge ist eine Art Karussell. Der Kosmonaut sitzt in einer Kabine am Ende eines langen Trägerarms. Wird der Arm mithilfe eines Motors gedreht, wird die Zentrifugalkraft wirksam. Diese Kraft schleudert den Kosmonauten nach außen und drückt ihn bei höheren Geschwindigkeiten mit großer Wucht in den Sitz der Kabine. Eine harte Übung, die man nur übersteht, wenn man gesund ist und wenn man gelernt hat, der Überlastung, die auf den Brustkorb wirkt, durch richtiges und bewusstes Ein- und Ausatmen etwas entgegenzusetzen.

„Wir werden geräuchert", meinte Waleri. Der Satz kostete bereits Mühe. Wir wurden jetzt kräftig in die Sessel gedrückt, die Glieder wurden einem schwer und schwerer. Der Landeapparat vibrierte und brummte.
Sigmund Jähn

einziges Tosen. Draußen brennt die Luft. Etwa 50 Zentimeter unter Sigmund Jähns Rücken herrschen Temperaturen zwischen 1 500 und 2 500 Grad. Durch die Bullaugen des Landeapparates sehen sie die Flammen. Immer wieder ziehen glühende Fetzen des abfackelnden Hitzeschildes vorbei.

Die Schwerelosigkeit ist längst vorbei. Sie spüren wieder ihr Gewicht. Und wie! Mit voller Wucht werden die beiden Männer in ihre Konturensessel gepresst. Jetzt wirken sogar noch stärkere Überlastungskräfte als beim Start der Rakete.

Auf einer Höhe von etwa zehn Kilometern entfaltet sich ein riesiger, etwa 1 000 Quadratmeter großer Fallschirm, so groß wie ein Handballfeld. Es gibt einen gewaltigen Ruck. Der Landeapparat pendelt heftig an den Seilen. Erleichterung bei den Kosmonauten: Auch diese Etappe ist glücklich verlaufen. Sie kommen der Erde näher.

Der Wind in der Steppe hat mittlerweile noch zugenommen. Die Leute von der Bodenkontrolle sind bei Landungen immer besorgt, heute aber noch mehr als gewöhnlich. Wenn nur nicht so ein starker Wind wäre!

In fünf Kilometern Höhe wird das 500 Kilo schwere Bodenteil der Landekapsel abgesprengt, der Hitzeschild, der beim Durchfliegen der Atmosphäre die meiste Hitze aufgenommen hat. Gleichzeitig werden vier Bremsraketen aktiviert, die die Geschwindigkeit noch weiter verringern sollen, sodass der Landeapparat möglichst weich aufsetzt. Aber aus der weichen Landung wird nichts, denn der Fallschirm löst sich nicht vom Landeapparat ab. Sie schlagen knallhart auf, werden viele hundert Meter vom Sturmwind mitgerissen und über den holprigen Steppenboden geschleift. Den Leuten vom Suchtrupp, die das alles vom Hubschrauber aus beobachten, stockt der Atem. Die Kapsel überschlägt sich mehrmals. Schließlich kommt sie auf der Seite zum Liegen. Der Suchtrupp setzt neben der Kapsel auf und zieht die beiden Kosmonauten aus dem engen

Bei der Landung löst sich der Fallschirm nicht ab. Der starke Wind der Steppe schleift die Landekapsel unsanft über den Steppenboden.

Landeapparat heraus. Die beiden Männer bleiben benommen auf dem Boden liegen. Es dauert eine ganze Weile, bis sie sich so weit erholt haben, dass sie wieder stehen können. Aber trotz alledem: Sie sind glücklich gelandet!

Wie es Tradition ist, haben Jähn und Bykowski die Kapsel nach der Landung signiert. Ein kasachischer Bauer und sein Sohn beobachten die Bergung der Kapsel aus respektvoller Entfernung.

Als Sigmund Jähn am 21. September 1978 mit einer Sondermaschine aus dem Sternenstädtchen in Ostberlin landet, rollen die Berliner den roten Teppich für ihn aus, die ganze Stadt ist festlich geschmückt, jede Straße, jedes Haus. Sehr herzlich ist der Empfang. Mit einem offenen Wagen fährt Jähn vom Flughafen ins Stadtzentrum. Echte Freude, echte Begeisterung brandet dem ersten deutschen Kosmonauten auf dem ganzen Weg entgegen. Auf ähnliche Weise wird er in den kommenden Wochen im ganzen Land begrüßt. Im Vogtland, wo er herkommt, ist der Empfang natürlich besonders stürmisch.

In den nächsten Jahren wird Sigmund Jähn mit Orden und Auszeichnungen überhäuft. Schulen werden nach ihm benannt, Sternwarten und sogar ein Schiff. Jähn ist der lebende Beweis dafür, dass der Osten Deutschlands beim Wettrennen ins All schneller war als der Westen. Und diesen Triumph kostet die DDR-Führung voll aus. Auf Tausenden von Veranstaltungen muss Jähn mitwirken, muss sich immer wieder feiern lassen, die Politik erwartet das von ihm. Sigmund Jähn hat das Gefühl, er schuldet seinem Land etwas dafür, dass er als einziger Bürger der DDR die Erde aus dem All beobachten durfte. Und so wehrt er sich nicht gegen diese Vereinnahmung, sondern macht gutmütig mit. Dabei mag er das gar nicht, ein Held sein wie Gagarin.

Wie schon bei den Russen und bei den Amerikanern wird die erfolgreiche Weltraummission politisch genutzt: Erich Honecker, der Staatsratsvorsitzende der DDR, begrüßt die Kosmonauten in Berlin.

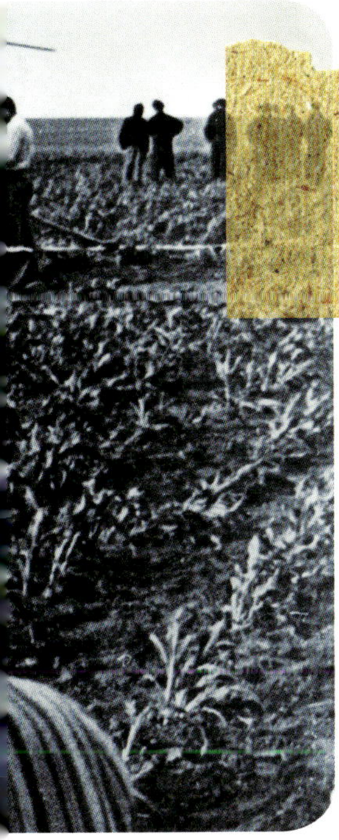

Wenn du erst einmal in der Rakete sitzt, dann ist es egal, ob du ein Held bist oder nicht. Dann donnert die los.

Sigmund Jähn auf der ersten Pressekonferenz nach der Landung auf die Frage, ob er sich als Held fühle

Und genau das schätzen die Menschen an ihm, dass er trotz des Kultes, der um seine Person betrieben wird, immer auf dem Teppich bleibt. Normal, sympathisch, humorvoll. Nur sehr wenige Menschen sind in der DDR so populär wie der erste deutsche Kosmonaut.

Nach seinem Flug widmet sich Jähn der wissenschaftlichen Auswertung seiner Mission und arbeitet an seiner Doktorarbeit über Fragen der Fernerkundung der Erde. In Zusammenarbeit mit Wissenschaftlern überall auf der Welt entwickelt er Experimente für Forschungskosmonauten. 30 Länder besucht er in den folgenden Jahren. Er darf nach einigem Gerangel auch wieder Flugzeuge fliegen. Außerdem wird er Chef des Zentrums für kosmische Ausbildung. Dort möchte er sein Wissen weitergeben. Doch nach Jähn wird nie wieder ein Kosmonaut aus der DDR ins All aufbrechen. Raumfahrt kostet viel Geld. Die DDR mag sich eine erneute Teilnahme an einer bemannten Mission nicht leisten.

Nachdem in Deutschland die Mauer gefallen ist und der Kalte Krieg beendet wurde, streben viele verschiedene Länder eine Zusammenarbeit in der Raumfahrt an. Russland hat 1986 die Raumstation *Mir* (das russische Wort für „Frieden“) ins All geschossen. Nach der langen Phase des Misstrauens während des Kalten Krieges folgt die vorsichtige Annäherung. Die europäischen Länder und Russland verständigen sich darauf, dass auch europäische Astronauten zur *Mir* fliegen und dort forschen dürfen. Die europäischen Astronauten sollen genau wie Sigmund Jähn vor seinem Flug ins All im Sternenstädtchen bei Moskau ausgebildet werden. Der erste deutsche Kosmonaut übernimmt die Leitung des ESA-Büros im Sternenstädtchen und koordiniert die Ausbildung der Astronauten. Dort arbeitet er eng mit dem deutschen ESA-Astronauten Thomas Reiter zusammen, der am 3. September 1995 zu der längsten und spektakulärsten Mission aufbricht, die die Europäer bis dahin in Angriff genommen hatten.

Sigmund Jähn und Thomas Reiter

7

Der Himmelsreiter

Thomas Reiter kurz vor dem Start

Seit Sigmund Jähns legendärem Flug zur *Saljut 6* sind 15 Jahre vergangen. Auf der russischen Raumstation *Mir*, die die *Saljut*-Weltraumstation 1986 abgelöst hat, gehen einige Kosmonauten inzwischen bis zu einem Jahr ihrer Forschungsarbeit nach. Waleri Poljakow, Bordarzt der *Mir*, wird insgesamt sogar 438 Tage bleiben. So können wertvolle Erkenntnisse über den Langzeitaufenthalt von Menschen im All gesammelt werden. Viele erfolgreiche Missionen hat es seit 1986 bereits gegeben. Nun wird intensiv daran gearbeitet, dass auch die Mission EUROMIR 95 – das bis zu diesem Zeitpunkt größte gemeinsame Projekt der russischen Raumfahrtbehörde RKA und der europäischen Raumfahrtorganisation ESA – gelingt. Mit dieser neuen Mission ist eine einzigartige Chance verbunden: Erstmals wird ein deutscher ESA-Astronaut die Gelegenheit zu einem Langzeitaufenthalt im All bekommen, und erstmals wird er einen Weltraumspaziergang unternehmen können!

Mir – Pionierleistung der Russen

Die erfolgreiche Raumstation wurde nach und nach aus sechs Einheiten, sogenannten Modulen, aufgebaut und war von 1986 bis 2001 im Einsatz. Sechs Besatzungsmitglieder konnten sich hier gleichzeitig aufhalten. Jedes einzelne Modul war in etwa so groß wie die Raumstation *Saljut 6*, zu der Sigmund Jähn flog, und in jedem ging man einem anderen Forschungsgebiet nach. Die *Mir* kann man sich wie eine verwinkelte Burg vorstellen. Jede freie Ecke wurde als Lagerraum genutzt – ein Gewirr von Kabeln, Schläuchen und Material. Als die Amerikaner im Juni 1995 mit dem Shuttle *Atlantis* an der *Mir* andockten, stellten die Russen Wegweiser auf, damit sich die NASA-Astronauten zurechtfinden konnten.

Thomas Reiter beim Sport auf einem Fahrradergometer

Am 3. September 1995 wird es dann ernst: Um 9.00 Uhr Weltzeit bricht der Deutsche Thomas Reiter mit den russischen Kosmonauten Juri Gidzenko und Sergej Awdejew vom Kosmodrom in Baikonur in einer *Sojus TM*-22 zur *Mir* auf. Die Mission EUROMIR 95 hat begonnen.

Ruhige Minuten hat Thomas Reiter, sobald er auf der *Mir* angekommen ist, keine mehr. Viele Experimente brauchen länger, als der Dienstplan vorhersieht. Unter der Woche gibt es kaum Freizeit. Meist geht Thomas Reiter erst weit nach Mitternacht ins Bett.

Die Schwerelosigkeit empfindet Thomas Reiter als ausgesprochen angenehm. Er kann sich plötzlich aus dem Stand überschlagen. Wie Superman. „Schwerelosigkeit macht Spaß!“, sagt er. Nach mehreren Wochen auf der *Mir* kommt es ihm so vor, als wäre er immer schon durchs Leben geschwebt. Den Raum in der Station nutzt er voll aus. Wenn ihm gerade danach ist, arbeitet er an der Decke.

Jeden Tag stehen zwei Stunden Sport auf seinem Plan. Der Muskelabbau in der Schwerelosigkeit ist das größte medizinische Problem bei Langzeitaufenthalten im All. Zum 20. Oktober 1995 hin trainiert er vor allem die Muskeln in den Armen. Denn an diesem Tag soll sein Außenbordeinsatz stattfinden, auf den er sich intensiv vorbereitet. Beim Training auf der Erde hat er für diesen Einsatz in einem Skaphander viele Stunden unter Wasser trainiert. Jeder

Die *Mir* bestand mit dem Basismodul aus sieben Modulen, die im Laufe der Jahre angekoppelt wurden – das letzte Modul 1996. Ihre Spannweite betrug 31 Meter, die Gesamtlänge 33 Meter. Jedes Modul diente einem unterschiedlichen Zweck: Der Basisblock war Wohn- und Arbeitsmodul; Quant und Quant 2, Kristall, Spektr und Priroda waren Forschungsmodule. Außerdem gab es ein Andockmodul für den Spaceshuttle.

Handgriff sitzt. Nachts träumt er davon. Er kann seinen Part, das weiß er. Jetzt muss nur noch die Technik mitspielen.

Der Weltraumspaziergang ist für Thomas Reiter natürlich der absolute Höhepunkt seiner Mission. Ihm ist klar, dass der Einsatz nicht ungefährlich ist. Alexej Leonow, der Erste, der einen Außenbordeinsatz gewagt hat, kam damals nur knapp mit dem Leben davon.

12. Oktober 1995. Thomas Reiter und sein russischer Kollege Awdejew befinden sich in der Luftschleuse. Durch eine Öffnung im Rücken sind sie in den Außenbordanzug eingestiegen. Alle Lebenserhaltungssysteme befinden sich im Inneren, im Rückenbereich des Anzugs, z. B. Ventilatoren, Wasserpumpen, Druckregler, Sauerstoffbehälter, Funkanlage. Jeder Ausrüstungsgegenstand hat ein 1:1-Back-Up-System, das heißt, wenn eines der lebensnotwendigen Systeme ausfallen sollte, übernimmt sofort ein anderes die Versorgung. Das Flugleitzentrum stellt anhand der Daten, die auf der Erde ankommen, fest, ob der Anzug auch hermetisch dicht ist – es darf auf keinen Fall zu einem Druckverlust kommen!

12.50 Uhr. Es ist so weit. Von der Erde kommt das Okay für den Ausstieg.

Thomas Reiter spürt sein Herz klopfen. Durch die Kopfhörer seines Funkgerätes nimmt er gedämpft seinen Atem wahr. Er manövriert seinen unförmig gewordenen Körper aus der Luftschleuse in den freien Weltraum. Unter ihm die Erde. Blau. Eindrucksvoll. Eine gigantische, farbige Landkarte. Er bewegt sich in einer Höhe von 400 Kilometern mit 28 000 Stundenkilometer um den Erdball. Ein unglaubliches Gefühl. Träumst du das jetzt, oder ist das wirklich wahr?, fragt er sich.

Das Mittelmeer, Griechenland, Italien. Schnell wechseln die Länder unter ihm, so schnell, als ob er einen Globus drehen würde. Er sieht die Krümmung des Erdballs.

Über dem Erdhorizont die Sterne. Es gibt kein Streulicht, keine Atmosphäre, die sie verschleiern. Zum Greifen nah, klar und hell sind die Sterne. Der Anblick ist überwältigend.

Thomas Reiter ist froh, dass er auf diesen Einsatz so gut vorbereitet wurde. Das Programm spult sich fast wie von selbst ab. Im Zeitlupentempo hangelt er sich an der Außenhaut der *Mir* entlang.

Mit einem Spaziergang, auch wenn es so genannt wird, hat eine EVA nichts zu tun. Reiter muss in einer durch und durch lebensfeindlichen Umgebung eine schwierige Aufgabe erledigen, je-

? Astro- oder Kosmonaut?

In Russland heißen Weltraumfahrer Kosmonauten, in Amerika Astronauten, in Frankreich Spacionauten und in China Taikonauten. Die ESA nennt ihre Weltraumfahrer Astronauten. Von den Russen werden alle Raumfahrer dann als Kosmonauten bezeichnet, wenn sie mit russischen Raketen abheben.

Thomas Reiter wird mit einem Kran an seinen Arbeitsplatz am Modul Spektr gehoben.

Wenn man diesen Beruf ergreift, muss man sich darüber im Klaren sein, dass man ein größeres Risiko trägt. ... Damit muss man sich abfinden.

Thomas Reiter

Orlan ist das russische Wort für „Seeadler". Ein solcher Raumanzug wird bei Außenbordeinsätzen getragen. Die aus einem metallischen Gewebe bestehende Außenhaut ist individuell einstellbar, je nach Größe des Kosmonauten. Über Funk können zwei Kosmonauten außerhalb ihrer Station auf direktem Weg miteinander sprechen. Sie können sich auch mit der Bodenkontrollstation verständigen. Der Orlan war der erste flüssigkeitsgekühlte Raumanzug der Welt. Er hat die Funktion eines Mini-Raumschiffes. Auf der Erde würde er 125 Kilo wiegen.

de Minute folgt einem exakten Zeitplan. Gemeinsam mit seinem russischen Kollegen Sergej Awdejew soll er an der Außenhaut der *Mir* Geräte anbringen. Sie dienen unter anderem dazu, Mikrometeoriten – kleinste Staubteilchen aus dem Weltall – einzufangen.

Im freien Weltraum herrscht Vakuum. Der Orlan genannte Spezialanzug, den Thomas Reiter daher tragen muss, ist mit Überdruck versehen. Der Anzug ist also prall aufgeblasen, man kann ihn nicht zusammendrücken. Das fühlt sich so an, als würde man im Inneren eines Autoreifens stehen, den Reiter jetzt bei jedem Handgriff gegen enormen Widerstand verbiegen muss. Das ist richtig harte, körperliche Arbeit. Knochenarbeit.

Gesichert wird Reiter bei seinem Außenbordeinsatz durch zwei Sicherungsleinen, an deren Enden sich Karabinerhaken befinden. Sie werden an den Haltestangen der *Mir* eingehakt. Sollten sich die Karabinerhaken lösen, ist der Kosmonaut verloren. Dann driftet er im freien Weltraum davon. Dann gibt es kein Zurück mehr. Er muss darauf achten, dass er sicher mit der Station verbunden bleibt.

Einer der Gründe, warum man vorher auf der Erde jeden Handgriff üben muss, bis er wie im Schlaf sitzt, ist, dass auch das Werkzeug leicht wegfliegt, wenn man nicht darauf aufpasst. Wenn Reiter

Besuch im All. Die Raumfähre *Atlantis* dockt an die *Mir* an. Es ist gut zu erkennen, wie riesig der Shuttle im Vergleich zur *Mir* ist.

zum Beispiel das Gerät, das er anbauen soll, neben sich ablegt, in der Zwischenzeit eine Schraube öffnet und es kurz außer Acht lässt, ist das Gerät auf und davon geschwebt, unerreichbar für den Kosmonauten. Aber zum Glück geht alles gut.

Im Erdschatten ist eine Arbeitspause vorgesehen. Thomas Reiter hängt an der Außenhaut der *Mir* und fliegt durch die Nacht. Sterne, überall. 45 Minuten später geht die Sonne auf. Er ist der direkten Sonnenbestrahlung ausgesetzt. Selbst durch den undurchdringlichen Orlan spürt er die Intensität des Lichtes. Die *Mir* glänzt in einem außergewöhnlichen Goldton.

Also unglaublich, dass ich tatsächlich da draußen war, denkt er manchmal noch heute, wenn er Bilder von seinem Außenbordeinsatz sieht.

Fünf Stunden und 22 Minuten dauert der erfolgreiche Einsatz. Dann sind Reiter und sein russischer Kollege wieder zurück in der relativen Sicherheit der Raumstation.

Spaceshuttle

Der Spaceshuttle war eine amerikanische Raumfähre, die in den 1970-er Jahren entwickelt worden war, um Kosten in der Raumfahrt einzusparen. Das „Arbeitspferd der NASA" konnte acht Astronauten und mehr als 24 Tonnen Nutzlast ins All transportieren. Der wichtigste Unterschied zu den russischen *Sojus*-Raketen bestand darin, dass der größte Teil des Shuttles wiederverwendbar sein sollte. Doch die Raumfähre erwies sich als extrem störanfällig, die Kosten explodierten. Experten schätzen, dass jeder einzelne Flug mit dem Shuttle 1 bis 1,5 Milliarden Dollar kostete. 14 Astronauten kamen in Spaceshuttles ums Leben. 2011 wurde der Betrieb endgültig eingestellt und beendete vorerst die bemannte amerikanische Raumfahrt. Zurzeit kann die ISS nur mit russischen *Sojus*-Raketen erreicht werden.

Steckbrief Thomas Reiter

Missionen: EUROMIR 95, ISS 2006

Thomas Reiter wurde am 23. Mai 1958 in Frankfurt am Main geboren. Er ist verheiratet und hat zwei Kinder. Hobbys: Fechten, Badminton, Kochen, Gitarrespielen. Einige Stationen seiner Ausbildung und Tätigkeit: Abitur I Studium der Luft- und Raumfahrttechnik I Bundeswehrpilot I Astronautenausbildung im ESA-Team I 3. September 1995–29. Februar 1996 als Wissenschaftsastronaut und 2. Flugingenieur Teilnahme an der Mission EUROMIR 95 I 4. Juli 2006 Flug zur ISS I seit 2007 setzt sich Thomas Reiter vom Boden aus für die europäische Raumfahrtforschung ein. Seit 2011 ist er als Direktor für bemannte Raumfahrt und Missionsbetrieb bei der ESA auch für die Ausbildung und Mission von ESA-Astronaut Alexander Gerst verantwortlich.

Ein weiterer Höhepunkt seiner Mission: Nach gut zehn Wochen auf der Raumstation kommt es zu einem außergewöhnlichen Treffen. Am 15. November 1995 dockt der amerikanische Spaceshuttle *Atlantis* mit seiner fünfköpfigen Besatzung an der *Mir* an. Sie bringen ein neues kleines Modul für die *Mir* hoch. Russen und Amerikaner nähern sich in der Raumfahrt einander an.

Nur drei Tage bleiben die Amerikaner. Drei Tage, die viel zu schnell vergehen. Während ihres Besuchs geht die Forschungsarbeit weiter, auch die Amerikaner führen Experimente durch. Eine hoch konzentrierte Arbeitsatmosphäre. Zeit, private Gespräche zu führen, bleibt kaum. Aber am letzten Abend, da wird gefeiert. Die Amerikaner haben als Gastgeschenk eine E-Gitarre mitgebracht. Eine gelungene Überraschung. Thomas Reiter und der kanadische Astronaut Chris Headfield spielen ein paar Stücke zusammen. Es wird viel gelacht auf diesem Fest.

Im Kontrollzentrum in Koroljow bei Moskau sieht Sigmund Jähn die Fernsehübertragung vom Abschiedsfest. 18 Jahre früher, als er als erster Deutscher ins All aufbrach, mitten im Kalten Krieg, wäre solch ein entspanntes russisch-amerikanisches Treffen im Weltraum undenkbar gewesen. Der inzwischen weißhaarige Weltraumpionier freut sich, dass es jetzt anders geworden ist. Seit er die Erde von oben gesehen hat, kann er den Sinn von Kriegen, ob sie nun heiß oder kalt geführt werden, nicht mehr verstehen. Aus dem All erkennt man keine Ländergrenzen, hat er auf vielen Veranstaltungen nach seinem Weltraumflug gesagt. Da gibt es nur die eine Erde. Und die ist ungeteilt.

8

Astro-Alex

>>> Weltraumbahnhof Baikonur, 28. Mai 2014.
Eine neue Mission steht kurz vor dem Start, die Mission Blue Dot. Wieder sind 19 Jahre vergangen. Die legendäre russische Raumstation *Mir* ist inzwischen von der Internationalen Raumstation ISS abgelöst worden. Europa, die USA und Russland arbeiten erstmals in der Geschichte in der Raumfahrt eng zusammen. Wissenschaftler ehemals verfeindeter Nationen forschen auf der ISS gemeinsam. Auch Thomas Reiter war während seiner zweiten Mission im All bereits hier im Einsatz. Nach seinem Aufenthalt auf der *Mir* flog er 2006 als erster Europäer mit einem amerikanischen Spaceshuttle zur ISS.

Seit 2011 kann man nur noch mit russischen *Sojus*-Raketen zur Internationalen Raumstation fliegen. Der amerikanische Space-

ISS – International Space Station

Im Januar 1998 unterzeichneten 15 Staaten, darunter die USA, Kanada, Russland, Deutschland und Frankreich, ein Abkommen über Bau und Betrieb der ISS. Im November 1988 wurde das erste Modul Sarja ins All gebracht. Die aktuellen Ausmaße der Raumstation betragen 109 m x 51 m x 73 m. Die ISS wurde im November 2000 erstmals dauerhaft mit einem Astronauten und zwei Kosmonauten besetzt, diese und alle folgenden Besatzungen werden alle vier bis sechs Monate ausgetauscht. Nach dem Shuttle-Unglück der *Columbia* im Februar 2003 wurden alle Shuttle-Flüge eingestellt und der weitere Ausbau der ISS vorerst gestoppt. Der nächste Shuttle-Flug erfolgte nach zweieinhalbjähriger Pause im Juli 2005 und verlief problematisch. Auch aus diesem Grund fand der nächste Shuttle-Flug erst im Juli 2006 statt.

Vor dem Start der Mission Blue Dot – zu Deutsch: blauer Punkt. So erscheint die Erde aus dem Weltraum. Von unten nach oben: der russische Kosmonaut Maxim Wiktorowitsch Surajew, ESA-Astronaut Alexander Gerst und der amerikanische Astronaut Reid Wiseman.

shuttle hat zwar noch zum Aufbau der ISS beigetragen, aber inzwischen steht die Raumfähre im Museum. Sprache auf der ISS ist daher Russisch, Englisch oder Kosmisch – also ein Gemisch aus allen Sprachen.

Nachts kann man die ISS von der Erde aus mit bloßem Auge erkennen. Das überirdische Forschungslabor ist größer als ein Fußballfeld – der größte Außenposten im All, den es bisher gab. Etwa 40 Bauelemente wurden einzeln mit *Sojus*-Raketen oder Spaceshuttles ins All befördert und 400 Kilometer entfernt von der Erde zusammengebaut. Mehr als 100 000 Menschen waren am Bau beteiligt.

Die Bedingungen für Wissenschaftler, die auf der ISS arbeiten, sind absolut außergewöhnlich. Europas wichtigster Beitrag ist das Forschungslabor *Columbus*, in dem drei Kosmonauten gleichzeitig Experimente durchführen können.

Es sind die letzten Stunden vor dem Start der Mission Blue Dot.

Der deutsche ESA-Astronaut Alexander Gerst wird gemeinsam mit dem Amerikaner Reid Wiseman und dem Russen Maxim Surajew 166 Tage auf der ISS der Forschung nachgehen. Alexander kann es kaum erwarten, dort oben mit der Arbeit zu beginnen. Er ist Wissenschaftler mit Haut und Haaren. Das Unbekannte zu erforschen hat den Geophysiker und Vulkanologen schon immer gereizt. Und der Weltraum zählt nun mal zu den größten Geheimnissen, die wir kennen. Wie wird es sein, von der Cupola – dem gläsernen Beobachtungsturm der Station – die Sterne zu sehen?

Während sie auf den Liegesitzen der Raumkapsel Platz nehmen, sagt der deutsche Kosmonaut lächelnd zu seinen beiden Kollegen: „Schon komisch, oder? Wir sitzen auf 300 Tonnen Treibstoff, der kurz davor ist, angezündet zu werden. Und sind zum ersten Mal seit Monaten völlig entspannt." Reid, der Amerikaner, und Maxim, der Russe, müssen lachen. Aber sie sehen das genauso. Sie haben es geschafft. Jetzt kann nichts mehr dazwischenkommen. Keine Grippe, keine gebrochene Hand, kein technisches Problem. Die Mission, für die sie zweieinhalb Jahre lang ausgebildet wurden, beginnt.

In den Jahren der gemeinsamen Ausbildung haben sich die drei verdammt gut kennengelernt. Besonders beim Überlebenstraining in den russischen Wäldern. Bei minus 30 Grad. Ohne Zelt und Schlafsack. Mit Fallen mussten sie sich selbst Nahrung beschaffen. „Danach waren wir Freunde!“, sagt Alexander seither mit einem verschmitzten Augenzwinkern in Interviews.

Während das Raumschiff auf Dichtigkeit überprüft wird, spielt die Bodenkontrolle Musik ein. Alexander hat sich das Lied „Rückenwind“ von Thomas D gewünscht. „Spüre Freiheit in mir“, heißt es in dem Song. Und: „Alle, die am Suchen sind, sind mit mir auf der Reise.“ Das trifft es für ihn in diesem Moment genau. Er weiß, dass in Deutschland zahllose Menschen bei seinem Start am Fernseher oder Computer mitfiebern. In seiner Heimatstadt Künzelsau sind 500 Menschen in der Stadthalle zusammengeströmt. In Köln am Alten Markt gibt's eine Großleinwand und Public Viewing. Er will versuchen, seine Erlebnisse im Weltall mit allen zu teilen. „*Pojechali* – los geht's!“, twittert Gerst jetzt voller Vorfreude an seine 200 000 Follower. Dieselben Worte, die Gagarin 53 Jahre zuvor bei seinem historischen Aufbruch ins All ins Funkgerät rief. Alexander ist stolz darauf, dass er von der gleichen Abschussrampe abhebt wie vor ihm Juri Gagarin und Sigmund Jähn. Deren Starts wurden während des Kalten Krieges noch geheim gehalten. Jetzt ist alles anders.

Mit Sigmund Jähn hat er vor dem Start lange Gespräche geführt. In den fünf Jahren der Vorbereitung ist der inzwischen 77 Jahre alte Weltraumpionier zu seinem Freund geworden. Es freut Alexander ganz besonders, dass Jähn mit nach Baikonur gekommen ist, um bei seinem Start dabei zu sein und ihn zu unterstützen. Aber auch Thomas Reiter ist nach Baikonur gereist. Zurzeit ist Reiter der Europäer, der die meiste Zeit im Weltraum verbracht hat. Insgesamt drei Außenbordeinsätze hat er bei insgesamt 350 Tagen im All bewältigt. Inzwischen ist er Direktor für bemannte Raumfahrt bei der

Wie wird man Astronaut?

Über das Bewerbungsverfahren für Europäer informiert die ESA, da sie für europäische Astronauten zuständig ist. Als die europäische Weltraumorganisation 2009 neue Astronauten auswählte, hatte sie folgende Kriterien:

Die Bewerber mussten

- einem ESA-Mitgliedstaat angehören
- nicht älter als 37 Jahre alt und zwischen 153 und 190 cm groß sein
- Englisch und möglichst eine weitere Fremdsprache sprechen und schreiben können
- einen sehr guten Universitätsabschluss in einem naturwissenschaftlichen, technischen oder medizinischen Studienfach haben
- Berufserfahrung als Wissenschaftler oder aber Flugerfahrung als Test-, Militär- oder Linienpilot vorweisen können.

Zudem mussten sich die Bewerber Gesundheitstests und harten psychologischen Tests unterziehen. Zurzeit gibt es 14 aktive ESA-Astronauten, einzige Frau unter ihnen ist die Italienerin Samantha Cristoforetti.

Nach Thomas Reiter (2006) und Hans Schlegel (2008) ist Alexander Gerst der dritte Deutsche, der einen Weltraumspaziergang unternimmt. Bei seinem Außeneinsatz trägt er einen Raketenrucksack, der ihn im Notfall zur ISS zurückschießen kann.

ESA

Die European Space Agency (ESA) wurde am 30. Mai 1975 zur besseren Koordination der europäischen Raumfahrtaktivitäten gegründet. Ziel war zunächst, ein eigenes Raumfahrtprogramm auf die Beine zu stellen, bevor ab 1990 gemeinsam mit Russland, den USA und Japan die Internationale Raumstation ISS entwickelt wurde. Die ESA hat zurzeit 22 Mitgliedstaaten. Die Aufgaben der Weltraumbehörde sind vielfältig: die Erforschung der Erde und des erdnahen Umfelds, des Sonnensystems und des Universums und die Entwicklung von Satelliten. Im Europäischen Astronautenzentrum EAC (European Astronauts Centre) der ESA trainieren Astronauten für zukünftige Missionen.

ESA und somit für die Mission von ESA-Astronaut Alexander Gerst verantwortlich.

Der Start verläuft reibungslos. Als sie schwerelos werden, fühlt es sich für Alexander an, als würde ihm jemand einen Schlag in den Rücken geben. Und in den ersten Stunden kommt er sich vor wie eine Fledermaus, die von der Decke hängt. Daran muss er sich erst einmal gewöhnen.

Aber außer dass er während seines Aufenthalts zur Erheiterung seiner Kollegen gleich mehrmals seinen Suppenlöffel unauffindbar verliert, kommt er mit den Bedingungen der Schwerelosigkeit während seiner wissenschaftlichen Experimente sehr gut klar.

Der Höhepunkt seiner Mission ist der Außeneinsatz, den Alexander Gerst am 7. Oktober 2014 gemeinsam mit seinem Kollegen Reid Wiseman durchführt, um eine defekte Kühlpumpe umzulagern. Das Selfie, das er dabei von sich schießt und fast zeitgleich zur Erde schickt, kommentiert er mit „Ich habe keine Worte, um zu beschreiben, was wir heute geschafft haben, aber dieses Foto gibt einen ziemlich guten Eindruck davon."

Die User sind völlig begeistert. „Die Mutter aller Selfies", schreibt einer anerkennend. Ein anderer meint: „Was für ein Geschenk, solche Bilder – einzigartig. Danke." Zum ersten Mal gibt es die Chance, hautnah mitzuerleben, was die Astronauten von ihrem spektakulären Arbeitsplatz aus sehen. Restlos entspannt winkt Alexander Gerst auf dem Foto in die Kamera. Man könnte glatt ver-

Links: Wie der Rücken eines gigantischen Drachen erscheint Alexander diese Aurora, wie Wissenschaftler das Polarlicht nennen. Das grüne Licht erstreckt sich in Wellen über Hunderte von Kilometern.

gessen, dass der Aufenthalt im All auch für ihn mit enormen Gefahren verbunden ist. Dass er körperlich so anstrengend ist, dass Alexander an diesem Abend sogar zu kaputt ist, um einzuschlafen.

Das, was Alexander Gersts Besuch auf der ISS für die Menschen auf der Erde so überaus wertvoll macht, ist neben seinen Forschungsergebnissen vor allem seine Begeisterung. Er teilt seine Eindrücke und sein Staunen mit ihnen. Oft lässt der enge Zeitplan ihm kaum eine Minute Zeit zwischen zwei wissenschaftlichen Experimenten. Diese eine Minute nutzt er jedoch, um Fotos zu machen.

„Sind gestern durch dieses Südlicht hindurchgeflogen, hat mich fast umgehauen!“, schreibt er im nächsten freien Augenblick auf Facebook. Und sendet ein atemberaubendes Bild von dem magisch anmutenden grünen Polarlicht, das bereits Sigmund Jähn so beeindruckt hat, auf die Erde.

Alexanders Gersts Begeisterung ist ansteckend. Allein auf Facebook folgen rund 220 000 Menschen seiner Mission. Manche seiner Beiträge werden mehr als drei Millionen Mal angeklickt und geteilt.

Aber Alexander Gerst teilt auch seine Sorgen mit: Aus dem All sieht man, wie viel von dem Regenwald am Amazonas schon verschwunden ist – die grüne Lunge der Erde. „Mein traurigstes Bild!“, schreibt er über ein Foto von dem Gebiet zwischen Israel und Palästina. Er weiß, dass die Menschen dort unten unsägliches Leid

Experimente im All

Die mehr als 100 Experimente, die Alexander Gerst im europäischen Weltraumlabor *Columbus* durchführt, kommen aus den Bereichen Medizin, Biologie, Physik, Chemie und Werkstoffkunde. Gerst ist dabei häufig sein eigenes Versuchskaninchen. Regelmäßig muss er Blutproben von sich selbst nehmen und untersuchen und seine Atmung und Körpertemperatur messen. Außerdem testet er u. a. die Wirkung neuer Krebsmedikamente an Hefezellen oder züchtet auf der ISS essbare Pflanzen – eines Tages werden sich Astronauten selbst mit Lebensmitteln versorgen.

Nutzen der Raumfahrt

Die Raumfahrt hat uns viele wichtige Erkenntnisse gebracht. Wir haben heute viel genauere Vorstellungen von der Entstehung unserer Welt, vom All, von unseren Nachbarplaneten. Einen unmittelbaren Nutzen bringen die Satelliten, die durch Trägerraketen im All in Umlauf gebracht werden. Sie geben Auskunft über Umweltschäden und das Wetter und sind ein wichtiger Bestandteil der modernen Navigationssysteme zur Positionsbestimmung von Autos, Schiffen und Flugzeugen. Ohne sie wäre die Programmvielfalt des Fernsehens nicht denkbar! Manche Errungenschaften aus der Raumfahrt sind dagegen zufällig entstanden, sogenannte Spin-offs. Einige Beispiele:

- Die Gefriertrocknung entstand, da die Nahrung der Kosmonauten immer keimfrei und aus Gewichtsgründen möglichst leicht sein sollte.
- Der Klettverschluss wurde entwickelt, damit keine losen Teile in der Schwerelosigkeit umherfliegen.
- Der Strichcode wurde entwickelt, um die unübersehbare Anzahl von Shuttleteilen zu verwalten.

Ob Autoindustrie, Medizintechnik oder Chemieindustrie – es gibt viele Branchen, die auf die Entwicklungen aus der Raumfahrt zurückgreifen.

Links: Die Regenwälder am Amazonas spielen eine wichtige Rolle für das Weltklima. Alexander ist geschockt, als er sieht, welch riesige Flächen bereits abgeholzt wurden.

Unten: Vier Stunden dauert der Flug von der ISS zurück zur Erde. Nach 166 Tagen im Weltall und mehr als 2500 Erdumrundungen landet Alexander Gerst um 4 Uhr 58 MEZ in der kasachischen Steppe.

erfahren. Und auch als er Fotos davon macht, wie hauchdünn die Atmosphäre ist, die Luftschicht, die die Erde schützt, werden viele Menschen nachdenklich. Ohne diese Luftschicht wäre die Erde eine leblose Kugel mit einer Durchschnittstemperatur von minus 18 Grad Celsius. Die Politiker auf Klimakonferenzen unternehmen jedoch ganz offensichtlich viel zu wenig für ihren Schutz. Aus dem All sieht man manche Dinge weitaus deutlicher als von der Erde.

Als Alexander Gerst nach 166 Tagen wieder auf der Erde landet, setzt er alle in Erstaunen, weil er auch nach der Landung einen ausgeruhten und fitten Eindruck macht. Dabei zehrt ein halbes Jahr Aufenthalt im All normalerweise an der Substanz. Ein halbes Jahr in der Schwerelosigkeit kann man mit einem halben Jahr Aufenthalt im Bett vergleichen. Weil man die Muskeln kaum braucht, bauen sie ab. Viele Raumfahrer können nach der Landung nicht mehr allein gehen, müssen gestützt werden. Aber nicht Alexander. Zwei-

Steckbrief Alexander Gerst

Mission: Blue Dot

Alexander Gerst wurde am 3. Mai 1976 in Künzelsau geboren. Nach dem Abitur reist er ein Jahr durch die Welt. Dann entscheidet er sich für das Studium der Geophysik in Karlsruhe und später in Neuseeland. I Als Vulkanologe nimmt er an zahlreichen Expeditionen zu Vulkanen wie dem Mount Erebus in der Antarktis teil. I 1. September 2009–22. November 2010 Ausbildung zum Astronauten im EAC I 28. Mai –10. November 2014 ist er als Wissenschaftsastronaut auf der ISS. Er ist der 11. Deutsche im All und der dritte Deutsche auf der ISS. I Seine Hobbies sind Fechten, Schwimmen, Laufen, Fallschirmspringen, Snowboarden, Klettern und Tauchen.

einhalb Stunden Sport hat er jeden Tag auf der ISS getrieben. Und das macht sich jetzt bezahlt.

Er braucht keine lange Erholungspause. Nach dem Wiedersehen mit seiner Familie macht er sich augenblicklich daran, seine Mission auszuwerten.

Zwei Tage nach seiner Rückkehr, am 12. November 2014, landet 510 Millionen Kilometer entfernt von der Erde zum ersten Mal ein von Menschen gebauter Apparat von der Größe eines Kühlschranks auf einem Kometen. Der Komet befindet sich gerade zwischen den Bahnen von Mars und Jupiter. Wissenschaftlichen Laien erscheint es nahezu als Hexerei, dass diese Mission gelingt. Zehn Jahre, fünf Monate und vier Tage war die Kometensonde *Rosetta* zu ihrem Ziel unterwegs. In dieser Zeit legte sie 6,4 Milliarden Kilometer in großen Schleifen durchs Sonnensystem zurück. Und jetzt hat die *Rosetta* das kleine Forschungslabor *Philae* – also den Kühlschrank großen Apparat – punktgenau auf dem Kometen 67P/Tschurjumow-Gerassimenko abgesetzt. Ein weiterer Meilenstein in der Erforschung des Weltraums. Was für eine faszinierende Mission!, denkt Alexander, als er die Landung von *Philae* von der Erde aus mitverfolgt. Und spürt schon da wieder den tiefen Wunsch, dabei zu sein, wenn es eines Tages in der bemannten Raumfahrt möglich ist, neue, unbekannte Welten zu erkunden.

Die Forschung auf der ISS zielt im Moment darauf ab, innerhalb der nächsten Jahre Langzeitaufenthalte auf dem Mond vorzubereiten. Im Jahr 2030 wird es nach Meinung der Experten möglich

Unten: Aus dem All sieht man deutlich, dass auf unserem Heimatplaneten alles mit allem zusammenhängt. Nur durch die gemeinsame Anstrengung aller Menschen werden wir dem Klimawandel entgegenwirken können.

sein, bemannte Missionen zum Mars zu schicken. Drei Jahre würde die Hin- und Rückreise dauern. Die dafür notwendigen Technologien werden bereits entwickelt. Besonders der Energieverbrauch und die Bereitstellung von genügend Wasser und Atemluft machen den Wissenschaftlern noch Kopfzerbrechen. Auch dafür dient die Forschung auf der ISS.

Die Reise zu fernen Planeten ist mit großen Gefahren verbunden. Kosmonauten wie Juri Gagarin, Sigmund Jähn, Thomas Reiter und Alexander Gerst nehmen ein hohes Risiko auf sich, um das Unbekannte zu erforschen. Sie setzen ihr Leben für einen Traum ein, der so alt ist wie die Menschheit: den Traum vom Entdecken neuer Welten. Angesichts der unfassbaren Größe des Universums wird klar, dass wir nur die ersten Schritte bei seiner Erforschung gemacht haben. Der eigentliche Aufbruch der Menschen ins All steht noch bevor.

Rechts: Alexander Gersts Lieblingsplatz auf der ISS: die Cupola – der gläserne, kuppelförmige Beobachtungsturm

Um uns herum ist nichts. Außer schwarzes Universum. Lebensfeindlich. Eiskalt. Minus 270 Grad kalt. Und wenn man das von außen sieht, dann realisiert man, wie wertvoll unsere Heimat ist. Und wie zerbrechlich.

Alexander Gerst

Chronik

1903 Der Russe Konstantin Ziolkowski veröffentlicht das Werk *Erforschung des Weltraums mittels Reaktionsapparaten.* Es gilt als Grundlage der Raketentechnik.
1904 Robert Goddard beginnt in den USA mit Versuchen zur Raketentechnik. Am 16. März 1926 gelingt ihm der Start der ersten Flüssigkeitsrakete.
1923 Der Deutsche Hermann Oberth veröffentlicht *Die Rakete zu den Planetenräumen.* Dieses spätere Standardwerk wird zunächst als utopisch abgelehnt.
1942 Unter der Leitung Wernher von Brauns erfolgt der erste Höhenflug einer einstufigen Flüssigkeitsrakete. Die Nationalsozialisten werden mit dieser *V2* genannten Rakete vor allem London und Antwerpen angreifen. Wichtige Entwicklungen in der Raketentechnik finden zu dieser Zeit im Dienst der Kriegstechnik statt – ein dunkles Kapitel in der Geschichte der Raumfahrt.
4. Oktober 1957 Die Sowjetunion schickt mit *Sputnik 1* den ersten künstlichen Satelliten ins Weltall.
3. November 1957 Mit *Sputnik 2* gelangt die Hündin Laika als erstes Lebewesen ins All.
1. Oktober 1958 Als Reaktion auf den „Sputnik-Schock" gründet der amerikanische Präsident Eisenhower die Luft- und Raumfahrtbehörde NASA (National Aeronautics and Space Administration).
4. Oktober 1959 Die Sowjet-Sonde *Lunik III* startet und wird erste Fotos von der Mondrückseite übermitteln.
22. März 1961 Der Kosmonaut Walentin Bondarenko verbringt zum Training mehrere Tage in einer mit Sauerstoff gefüllten Isolationszelle. Am zehnten Tag wirft Bondarenko aus Versehen einen mit Alkohol getränkten Wattebausch auf eine heiße Kochplatte; der Wattebausch entzündet sich und verwandelt die Zelle in ein Flammenmeer. Erst nach 30 Minuten gelingt es, Bondarenko den Flammen zu entreißen. Er stirbt 16 Stunden später.
12. April 1961 Mit 27 Jahren fliegt Juri Gagarin als erster Mensch ins All.
25. Mai 1961 Der amerikanische Präsident John F. Kennedy setzt das Ziel: Bis zum Ende des Jahrzehnts soll ein Amerikaner den Mond betreten haben.
20. Februar 1962 Als erster Amerikaner fliegt John Glenn an Bord der *Mercury 6* ins All.
16. Juni 1963 Walentina Tereschkowa ist die erste Frau im Weltraum.
18. März 1965 Der Kosmonaut Alexej Leonow verlässt im All für 20 Minuten das Raumschiff: der erste „Weltraumspaziergang" eines Menschen.
23. März 1965 Die USA schicken die Zwei-Mann-Kapsel *Gemini III* ins All. Bis November 1966 erfolgen neun weitere Raumflüge.
1967 Unter der Bezeichnung Interkosmos vereinigen sich sozialistische Länder zur Erforschung des Weltraums. Das Abkommen besteht bis 1990.
27. Januar 1967 Bei einer Bodenübung bricht aufgrund technischer Mängel an Bord der *Apollo 1* Feuer aus. Die Astronauten Virgil Grissom, Edward H. White und Roger B. Chaffee sterben.
23. April 1967 Bei der Landung von *Sojus 1* verhakt sich der Bremsfallschirm. Der Kosmonaut Wladimir Komarow verunglückt tödlich.
24. Dezember 1968 Den Amerikanern gelingt mit *Apollo 8* die erste bemannte Mondumkreisung.
16. Januar 1969 Zum ersten Mal werden zwei bemannte Raumfahrzeuge gekoppelt (*Sojus 4* und *Sojus 5*).
21. Juli 1969 Neil Armstrong betritt auf der *Apollo-11*-Mission als erster Mensch den Mond.
14. April 1970 An Bord der *Apollo 13* explodiert ein Sauerstofftank. Der Astronaut John Swigert meldet sich darauf mit: „Houston, wir haben ein Problem!" Fieberhaft versucht man, die drei Astronauten zu retten. Erst 87 Stunden nach der Explosion landet die *Apollo 13* im Pazifik. Alle Astronauten überleben.
19. April 1971 Die erste Raumstation der Sowjetunion wird unter dem Namen *Saljut 1* in den Weltraum geschossen.
29. Juni 1971 Die Kosmonauten der *Saljut 1* sollen mit einem *Sojus*-Raumschiff zurück zur Erde gebracht werden. Doch bei der Landung kommt es zu einem plötzlichen Luftdruckabfall; alle Kosmonauten ersticken.
14. Mai 1973 Die Raumstation *Skylab* wird von den USA als „Himmelslabor" ins All geschickt.
26. Juni 1973 Bei einer Raketenexplosion auf dem sowjetischen Raketenstartplatz Plessezk sterben neun Menschen.
31. Mai 1975 Die ESA (European Space Agency) nimmt ihre Tätigkeit auf. Gründungsstaaten sind Belgien, Dänemark, Deutschland, England, Frankreich, Italien, die Niederlande, Schweden, die Schweiz und Spanien.
17. Juli 1975 Unter der Bezeichnung *Apollo-Sojus-Test-Project* (ASTP) erfolgt die Kopplung einer amerikanischen *Apollo*- mit einer sowjetischen *Sojus*-Kapsel.
26. August 1978 Der DDR-Kosmonaut Sigmund Jähn fliegt als erster Deutscher ins All.
18. März 1980 In Plessezk sterben mindestens 48 Menschen, als beim Auftanken eine *Wostok*-Rakete explodiert.
12. April 1981 Mit der *Columbia* startet der Spaceshuttle, der erste wiederverwendbare Raumtransporter, ins Weltall.
28. November 1983 Ulf Merbold fliegt als erster BRD-Astronaut ins All: Zum ersten Mal befindet sich ein Nichtamerikaner an Bord eines Spaceshuttles. Das von der ESA entwickelte und in Deutschland gebaute Weltraumlabor *Spacelab* wird auf dieser Mission ins All gebracht.
30. Oktober 1985 Auf der *D1*-Mission fliegen u. a. die deutschen Astronauten Reinhard Furrer und Ernst Messerschmidt zum *Spacelab.*
28. Januar 1986 73 Sekunden nach dem Start explodiert die Raumfähre *Challenger.* Sechs Astronauten und die Lehrerin Christa McAuliffe verlieren ihr Leben.
19. Februar 1986 Die sowjetische Raumstation *Mir* startet ins All und bleibt über viele Jahre in Betrieb.
24. April 1990 Das *Hubble-Weltraumteleskop* wird ins All gebracht.
26. April 1993 Die zweite *Spacelab*-Mission, *D2* genannt, beginnt; die deutschen Astronauten Hans Schlegel und Ulrich Walter sind dabei.
3. Februar 1994 Zum ersten Mal befindet sich ein Kosmonaut an Bord eines Spaceshuttles: Sergej Krikaljow bleibt mit seinen Kollegen neun Tage im All.
3. und 4. Oktober 1994 Ulf Merbold nimmt an der Mission EUROMIR 94 teil.
29. Juni 1995 Der erste Spaceshuttle dockt an die *Mir* an.

3. September 1995 Der ESA-Astronaut Thomas Reiter nimmt an der Mission EUROMIR 95 teil und fliegt zur *Mir*. Er verbringt 179 Tage im Weltraum und unternimmt zwei „Weltraumspaziergänge".
15. Februar 1996 Kurz nach dem Start in Xichang, China, explodiert eine Rakete. Die Teile stürzen auf mehrere Häuser, dabei sterben nach offiziellen Angaben sechs Personen. Inoffiziell wird von mehr als 100 Toten ausgegangen.
20. November 1998 Von Baikonur aus wird das erste Bauteil der International Space Station (ISS) – das russische Modul Sarja – ins All gebracht.
4. Dezember 1998 Das erste amerikanische Modul für die ISS startet ins All. Unity wird am 7. Dezember mit Sarja verbunden.
2. November 2000 Die ISS wird mit dem Astronauten William Shepherd und den Kosmonauten Juri Gidsenko und Sergej Krikaljow besetzt.
23. März 2001 Nach 15 Jahren im Einsatz wird die *Mir* zum kontrollierten Absturz gebracht.
15. Oktober 2002 Nach dem Start in Plessezk explodiert eine *Sojus*-Rakete und stürzt ab. Ein Soldat stirbt.
1. Februar 2003 Beim Landeanflug über Texas explodiert der Spaceshuttle *Columbia* aufgrund eines defekten Hitzeschilds. Die siebenköpfige Besatzung stirbt. Der Shuttle-Verkehr sowie der Ausbau der ISS werden fürs Erste eingestellt.
22. August 2003 Auf der brasilianischen Luftwaffenbasis Alcantara sterben mindestens 21 Menschen bei der Explosion einer Trägerrakete.
15. Oktober 2003 Mit dem Raumschiff *Shenzhou 5* umrundet der Taikonaut Yang Liwei aus dem Nordosten Chinas 14-mal die Erde.
26. Juli 2005 Nach zweieinhalbjähriger Pause erfolgt der erste Shuttleflug nach dem *Columbia*-Unglück. Doch beim Start der *Discovery* löst sich Schaumstoff vom Außentank ab; die Astronauten müssen die Reparatur im All durchführen.
11. Oktober 2005 Der Russe Sergej Krikaljow beendet die *ISS Expedition 11* mit der Landung in Kasachstan. Mit seinem sechsten Flug kommt Krikaljow auf einen Gesamtaufenthalt von 803 Tagen im All. Dies ist ein neuer Rekord.
4. Juli 2006 Die US-Raumfähre *Discovery* fliegt zur ISS. Als erster Deutscher mit an Bord: Thomas Reiter. Er unternimmt auf der Weltraumstation als erster ESA-Astronaut einen Langzeitbesuch.
7. Februar 2008 Der deutsche Astronaut Hans Schlegel nimmt an der Mission teil, auf der das europäische *Columbus*-Labor zur ISS gebracht wird.
2009 bis 2011 Der Geophysiker Alexander Gerst absolviert die Raumfahrerausbildung im Europäischen Astronautenzentrum in Köln.
6. August 2012 Die NASA meldet die erfolgreiche Landung des Rovers *Curiosity* auf dem Mars.
28. Mai 2014 Mit der *Sojus*-Mission TMA-13M fliegt Alexander Gerst zur ISS. Als Bordingenieur bleibt er bis zum 10. November 2014 auf der Internationalen Raumstation.
12. November 2014 Die *Philea* landet als erste Sonde auf einem Kometen.
2033 Für dieses Jahr ist im Rahmen des *Aurora*-Programms der ESA eine bemannte Mission zum Mars geplant.

Buchtipps

Stephen Biesty, Stewart Ross: *Große Entdecker. Wagemutige Reisen von der Tiefsee bis ins All,* **Gerstenberg Verlag, Hildesheim 2015, ab 8 Jahren. Das Kapitel „Menschen auf dem Mond" erzählt von der ersten Mondlandung 1969.** Der Jugendbrockhaus Weltraum und Raumfahrt, wissenmedia, Gütersloh 2006
Dieter B. Herrmann, Vitali Konstantinov: *Planeten, Sterne, Galaxien. Ein Streifzug durch das Weltall,* **Gerstenberg Verlag, Hildesheim 2014, ab 6 Jahren**
Sigmund Jähn: *Erlebnis Weltraum,* Militärverlag der DDR, Berlin 1983 (antiquarisch erhältlich)
Gerhard Kowalski: *Die Gagarin-Story. Die Wahrheit über den Flug des ersten Kosmonauten der Welt,* Schwarzkopf & Schwarzkopf, Berlin 1999 (antiquarisch erhältlich)

Filmtipps

Apollo 13, DVD 2004, ab 6 Jahren. Der Spielfilm erzählt die nervenaufreibende Geschichte des Unglücksshuttles *Apollo 13* und seiner Crew.
NASA Collection, 2 DVDs 2006, ab 12 Jahren. Umfangreiche Darstellung der Raumfahrtgeschichte aus amerikanischer Sicht
Raumfahrt. Der Aufbruch ins Universum, DVD 2004, ohne Altersbeschränkung. Der Film zeigt die wichtigsten Stationen der amerikanischen und russischen Raumfahrt.

Museen

Deutsche Raumfahrt-Ausstellung Morgenröthe-Rautenkranz
Bahnhofstraße 8
08262 Morgenröthe-Rautenkranz
www.deutsche-raumfahrtausstellung.de/
Dem in Morgenröthe-Rautenkranz geborenen Sigmund Jähn ist ein eigener Raum gewidmet.
Deutsches Museum
Museumsinsel 1
80538 München
www.deutsches-museum.de
Neben der Astronomieausstellung verfügt das Museum über ein Planetarium und Sternwarten.
Verkehrshaus der Schweiz
Lidostraße 1
CH-6006 Luzern
www.verkehrshaus.ch/de
In der Luft- und Raumfahrthalle sowie im Planetarium können Besucher den Weltraum entdecken.

Links Raumfahrt

www.esa.int/esaKIDSde/index.html
Seite der ESA für Kinder
www.dlr.de/
Deutsches Zentrum für Luft- u. Raumfahrt
www.esa.int/esaCP/Germany.html
Deutsche Hauptseite der ESA
www.nasa.gov/audience/forkids/home/index.html
NASA-Seite für Kinder, auf Englisch

Register

Seitenverweise auf Bildlegenden sind *kursiv* gesetzt.

Bildnachweis

Agentur Focus/Science Photo Library: S. 30; Archiv Sigmund Jähn: Umschlag hinten ur, S. 26ul, 26ur, 27, 28or, 28ol, 32ol, 33or, 37, 38, 39, 40–41, 42–43u, 44ol, 44–45o, 44ur, 45ul; aus: *First Man in Space*, Moskau, Progress Publishers, 1984: S. 19o; aus: *Perwyje w mirje*, Moskau, Verlag Planeta, 1978: S. 14, 19u; aus: *Unser Gagarin*, Moskau, Progress Publishers, 1979: S. 20ul; © DLR: S. 7ul, 26or; ESA/NASA: S. 52, 56 ol, 56 or, 58, 59 ul, 59 ur; © ESA: S. 47ol, 49 o, 55; ESA–S. Corvaja: S. 53, 57; / P. Aventurier: S. 7mr, 46mr; ITAR-TASS Photo Agency: S. 25 © NASA: Umschlag vorn o, S. 2, 4–5, 6–7, 11ml, 12o, 13, 15, 22o, 23, 24ol, 24or, 32–33u, 36ul, 47ur, 49 ol, 51 o, 63/Bill Ingalls: Umschlag vorn ul, S. 8u/MIR: Umschlag hinten l, S. 50; picture-alliance/ dpa-Bildarchiv: S. 9, 11or, 16, 22u; Russisches Kosmonautenausbildungszentrum J. A. Gagarin: S. 42o; Asif A. Siddiqi: Umschlag hinten or, S. 6mr, 8o, 20r